青森文化

秘界

Hidden World

鮑里斯・芬克爾斯坦
（Borys Fynkelshteyn）著
橋蒂拉（JoAnna）譯

作者簡介

鮑里斯．芬克爾斯坦（Borys Fynkelshteyn），烏克蘭人，1946年出生於烏克蘭敖德薩市一個數學世家。1963年中學畢業（阿斯特拉罕），1968年大學畢業（敖德薩市），1985年在莫斯科完成博士學業。服役之後曾在石油和天然氣行業工作過，1992年後，輾轉於烏克蘭各大銀行體系，經濟學博士、教授，近海油氣資源開發、金融和銀行領域的眾多科學及設計著作的作者，克里米亞自治共和國的經濟學家，烏克蘭技術學院和以色列科學發展學院的正式成員，烏克蘭作家協會和國際作家協會（倫敦）的成員，同時他也是眾多文學獎的獲得者，其中包括：弗拉基米爾．達利文學獎、「博拉格維斯」文學獎、克里米亞自治共和國國家文學和藝術獎、烏克蘭國家沙勒姆．亞拉克姆文學獎。

他眾多作品中的23部分別以俄語、烏克蘭語、法語、英語、西班牙語、克里米亞韃靼語、希伯來語在烏克蘭、俄羅斯、法國、英國、瑞士、西班牙、智利和以色列出版。直至2014年，他一直擔任烏克蘭作家協會克里米亞分會的主席。

鮑里斯．芬克爾斯坦的作品在文學界獨樹一幟，豐富的閱歷為故事的創作奠定了基礎，鮮明的人物特點以及風格迥異的背景環境讓讀者眼前一亮。細心品讀，它就像一條神秘的細流浸入心田，慢慢掀開靈魂深處的泉眼。鮑里斯·芬克爾斯坦的作品大多建立在現實生活的基礎上，融合多國歷史文化，包括民族及宗教信仰以及形式各異的風俗習慣，呈現了絢麗多彩的大千世界。

作者寄語

2018年，我撰寫並發表了這篇關於創意寫作的文章，當然，這只是其中一部分。那時，我覺得這將是我嘗試寫作基礎的終點。但並非如此。隨著主題的擴展，在我自身背景和其他方面逐漸呈現出更多與主題相關的事實。最終，我發現，藝術作品的創造，即使根據真實的故事寫作，也有必要確定創作過程的目標，至少於我而言是這樣的。是什麼驅使我們創造文學世界，我們想要實現什麼目標，我們打算向讀者傳達什麼？

這不是一些簡單的問題。最重要的是，它們與我們的世界觀、對生活的評價、藝術創作（不僅是文學）在社會中的地位以及在其發展過程中的作用直接相關。為了回答這些問題，我回顧過往12年，並回憶我在此期間撰寫和發表的150多篇故事的所有內容。我寫了很多關於愛情的故事。為什麼？我們通常說：「每個人都有自己的真理。」不瞞你們說，我始終相信愛就像真理一樣，每個人都有自己的愛，所以我們可以無休止地寫愛情故事，故事不會重複。此外，沒有什麼比愛更能表徵個人和整個社會的狀態。這個主題是多方面的，這個詞是無窮盡的。在我的故事裏，我經常引用詩人的詩句，這不僅是我個人的喜好，而且在精神和意義上也客觀地對應於特定的文學文本。事實上我自己不寫詩（至少在專業領域），但我熱愛詩歌，並將其視為文學的頂峰和「上帝的禮物」。

我相信詩人在詩中描述的真理來自最高智慧的源泉，為什麼不在這些真理的基礎上寫作呢？我們應該以它為基礎創作，在我們的故事裏引用它。但每一代人，真正的詩人屈指可數。因此，我越來越難選擇與敘事相符的詩句。我覺得我的讀者喜歡它，至少他們從來沒抱怨過我的故事裏存在詩歌。有很多討論都是關於現實生活對藝術創作的影響。我們都是以現實生活為基礎開始的。但反過來，問題也成立——關於藝術對現實生活的影響。那麼，首先要定義，這個真實的生活是什麼？我不是危言聳聽，我早就得出結論，所謂的真實世界是虛幻的、程序化的。我們可以在自身的框架程序裏選擇事件的概率變體。

我們相當傲慢地認為，選擇聲名狼藉的自由賦予了我們無限的決策權。為什麼？我們有一個大腦——我們自己的處理器。我可能會讓您失望，這並不完全正確。我們只是選擇性地做出了明智的選擇，但除此之外，我們更像一個接收設備，從其他地方接收現成的答案，有時甚至是尚未提出的問題。在哪裏？如果我們知道……研究我們個人處理器和思考過程的專家也不知道。但絕對可以肯定的是，有時我們會以遺傳、世襲記憶的形式從祖先那裏獲得信息。我反復觀察並感受到這一點，不得不說，這些信息可以非常具體，包括視覺和聽覺圖像。

關於生活和思想。生活是什麼？這是一種不受熱力學第二定律（熵恒定或增加定律）影響的現象。生命的特徵恰恰相反——系統的複雜化是生活的特徵，儘管根據物理定律，生活一定變得越來越混亂，但事實上，隨著時間的推移，生活變得越來越有序。大腦呢？這似乎是生活的結果。為了實現智能，系統必須變得更加複雜。因此，單獨的一隻螞蟻——牠是活的，但不是智能的，而一整座蟻丘——執行複雜的、深思熟慮的行動，積累、處理和使用新信息。它顯然是有知覺的。

在這裏，有一個引人注目的例子，即COVID-19流行病。一個單獨的病毒不太可能做出智能的行為。然而，很多不同的病毒常常做出智能的行為，一點一點地、成功地與人類進行了鬥爭。好吧，比如說：我們製造疫苗，調動身體的防禦能力，病毒群發生變異，並在一定程度上抵消我們疫苗的作用。當一個生物體死亡時，生活在其中的病毒群也會死亡。因此，它們適應並開始在寄宿的生物中更和平地生活。還記得嗎？第一波疾病造成了10-15%的死亡，接下來只有大約1.5%，最後大約是0.15%，類似長期習慣於「合作」的流感病毒。流行感冒的傳播也是這樣開始的（第一次世界大戰結束時的「西班牙流感」）。我們假設，即使病毒群是合理的，也很難評價是有思想的生物，因為它只涉及我們身體的細胞，病毒在裏面生存和繁殖。對它們來說，我們是一個完整的思維星系。這讓你想起了什麼？維度在哲學的構架裏並不具有根本重要性。或許生命是大自然的一種自然而基本的屬性，而智慧取決於考慮的程度。因為知識的缺乏和無能為力，我們有時談論進化，無法解釋為什麼，但實際上它發生了。原因在哪裏？最簡單的邏輯告訴我們，不可能用一組隨機因素創建複雜的生命系統——為此，我們宇宙的整個時間是不夠的。所謂進化的明顯合理性促使我們做出決定，但我們無法把握它，因為我們在這個系統內部，不能成為外部觀察者。而且我們的思維水平，你知道的，有很明顯的自然局限性。然而，有些東西存在於本能的、無意識的層面。世界上所有的宗教都談到造物主，劈地者，他用語言創造萬物。17世紀，巴魯克·斯賓諾莎甚至試著解釋這一點。斯賓諾莎之神（DIEU DE SPINOZA）是所有存在的無限集合，幾乎與自然的概念相吻合。

我們還是回到人類社會關心的問題上來。如果我們假設自然是合理的，世界按照某種複雜的程序發展，對於旁觀者來說是虛幻的，那麼藝術創作和文學的任務以及目標是什麼？通常，文學、繪畫或其他類型的藝術都不能創造物質財富（應用除外）。那麼，它們在我們的開發程序中起什麼作用呢？關於這方面，我敢於建議，藝術、藝術創作、文學最終幫助我們從許多可能的發展道路中選擇最好的發展道路。也就是說，它們影響我們可用部分的選擇。假設這是一個初始原理，我們可以得出一個合乎邏輯的結論，即一般藝術特別是文學的總體目標和主要功能是讓世界變得更美好。

我們創造了新世界，它們反過來又影響著我們的世界。你可能對此有多種看法和意見，但誰不喜歡提出自己的初步原理並得出自己的結論。我們有選擇的自由嗎？可能沒有？你覺得呢？

目錄

命令活下去

伊斯坦布爾機場一如既往地擠滿了人。這是一個非常方便的中轉站，但航班之間的休息時間可能會很長。如果夜幕降臨，那麼土耳其航空總是免費提供一家城內的酒店，但如果像現在這樣的大白天，那就只能等待了。周圍有很多餐館和商店，但價格比我今天清晨離開的巴塞羅那要高得多。在這種情況下，最好的方法是去一個 VIP 等候室。它是付費的，但你可以在那裏用餐，放鬆身心，使用高質量的 Wi-Fi，閱讀，查閱電子郵件，通常情況下，會度過美好的時光。我飛往基輔的航班還要等六個小時，所以我決定這樣做。

我瀏覽互聯網時，很快找到了一篇有趣的英文文章，內容涉及歐洲經濟的前景，我看了起來。文章內包含大量特殊術語，因此我總是需要電子翻譯器的幫助。儘管如此，還是很方便——因為有網絡。以前，信息的傳播非常緩慢，而特殊信息通常只在收藏夾的一小部分中傳播。而現在，我取出 iPad，那裏提供了所有最新信息。過了一會兒，我開始仔細觀察櫃檯，那兒可以吃東西、喝茶或咖啡，突然有人用英語問：

「我可以坐這兒嗎？」

「可以。」我回答。

我旁邊的空位子很多，現在有一個和我年齡差不多的壯漢，他穿著黑褲子，敞領的藍色襯衫，一件粗花呢格子外套。看樣子像是老師或普通商人。

「你會說俄語？」他驚訝地問，可能注意到了 iPad 屏幕上的俄語文本。

「是的。」

「那可以先把英語放一邊了。」

我們交談並互相介紹。

「我是從安塔利亞飛過來的，」我的新朋友維克托說。「我四小時後將飛往扎波羅熱。」

「你以前來過伊斯坦布爾嗎？」我禮貌地問。

「哦，是的，」維克托微笑著說，「來過很多次了。現在來這兒很簡單，甚至不需要簽證。我第一次來這裏還是蘇聯時期，也沒用簽證。」

「怎麼可能？」

「好吧，情況就是這樣。但這是一個漫長的故事。」

「我看起來像趕時間嗎？」我回答。「我五個小時後飛往基輔。」

個人經驗告訴我，最有趣的故事只有在旅途中才能聽到。轉瞬即逝的相遇有利於坦率。

「1977年6月底，我第一次來伊斯坦布爾，沒有護照、簽證和錢，」維克托開始講故事。「那時我才三十歲……」

「我那會兒也三十，」我想，然後大聲說：

「我們同齡！」

維克托感興趣地看著我。

「你也七十了嗎？氣色不錯，得注意不要發胖，照顧好自己。我的胃口總是很好。繼續聽我的故事吧。

我讀了軍事通訊專業，當然還有普通通訊業。蘇聯解體後，我很長一段時間都輾轉於不同的經濟領域：服務、汽車維修、貿易，總之，所有一切在生活中遇到的行業。現在我退休了，我把一切都留給了孩子們。我和我的妻子在安塔利亞養老，但我不得不提早離開——一位老朋友從美國回來了，得見一見。妻子一周後回來。順便說一句，1977年，這位朋友斯塔尼斯拉夫也同我一起，更確切地說，我和他一起。」

他沉默了片刻，陷入沉思。

「其他人都不在了。」

「你們那時幾個人？」我問。

「五個，最初是五個，只有四個回來了。」

「從哪裏回來？」

維克托說：「好吧，我們按順序一步一步來。如若不然，你會一直向我提問的。1977年5月底，我被要求接受軍事訓練。這不是第一次，但之前都在和平的前提下。他們會發給你二手制服，然後你在那裏學習一些東西，之後會有一段時間可以回家放鬆一下。這時，軍隊徵兵辦公室將出行證件交給了我，並把我送到首都。我坐上火車，在一節有包房的車廂裏，滿心好奇：只是普通的軍事訓練而已，為什麼要去莫斯科？軍事單位在郊區附近。他們沒有穿制服，這也是我穿著便服的原因。這個軍事部門很奇怪——大多數人都穿著便服。他們先開口跟我說話。我讀了軍事專業，大學畢業後，我在軍隊中擔任兩年一度的軍官。因此，他們這樣說：『你必須在軍事專業（即作為軍事信號員），而且在第三世界國家工作2至3周。』『具體怎麼做？』我問。『通過無線電將數據從我們小組傳輸到中心。先練習一個星期，然後接種疫苗飛往目的地。我覺得這種技術設備你從未見過。』提到疫苗接種使我感到震驚。『飛去哪兒？』我很感興趣。『隨著時間的推移，他們會告訴你一切。』

「他們把我安置在宿舍，安排食堂為我提供餐飲，然後工作開始了。那時不存在移動通訊，特別是衛星通訊，只有無線電通訊。顯然，在我出差的地點尚未設置電纜通道。我之前參加訓練的廣播電台很大，位置是固定的，因此，這裏對我來說是小菜一碟。只有疫苗——讓我感到隱約不安。小玻璃管上什麼都沒寫，醫生戴著手套打針，並非常謹慎地對待藥物，對提出的所有問題保持沉默。大約一周後，發出了預先通告——第二天出發。他們給我穿上了一套輕盈的熱帶風情的衣服，沒有徽章。用法國軍帽代替船形帽或大沿帽，這樣的著裝在那會兒看起來很奇怪。我把所有文件交給了特殊部門，他們把我這個『無護照的流浪漢』放進了特殊機場的軍用運輸機。出發前，終於通知了目的地：『贊比亞，負責傳訊信息的小組將在南羅得西亞工作。』現在，這個國家不在非洲地圖上，領土被稱為津巴布韋，但這是一個完全不同的國家。

「南羅得西亞曾經是中非一個繁榮的國家，由英國開普敦殖民地總理塞西爾·約翰·羅茲於1890年建立，因此有這樣的名字。實際上，它從來都不是什麼殖民地，總的來說，1964年它宣布了獨立，經濟繁榮，以農業為主，主要是白人農民經濟迅速發展，為非洲人提供了工作。當時大約有三十萬白人，當地人口超過六百萬。當然，這存在問題，隨著時間的推移，爭奪權力的鬥爭開始了。原住民也是異類，他們屬紹納和恩德貝萊族的不同部落群體。因此，出現了各種武裝力量，即所謂的『解放』。紹納的民族與羅伯特·穆加貝領導的民族解放軍組成了津巴布韋非洲民族聯盟，並向中國請求援助。恩德貝萊族在喬舒亞·

恩科莫的領導下組織了津巴布韋非洲人國民大會和人民革命軍，他們得到了蘇聯的支持。羅得西亞軍隊在數量上不及這些軍事力量，但戰鬥質量卻高得多。他們主要由傘兵和特種部隊組成。軍校至今仍在研究他們在熱帶叢林中戰鬥的經驗。這場消滅白人的戰爭已經進行了十多年，最後在1980年舉行了選舉，羅伯特·穆加貝以一名學校前任教師的身份獲勝。自他執政以來，白人部分滅絕，部分移民，經濟崩潰。現在，津巴布韋是世界上最貧窮的國家之一。為了富強而戰，結果處境更糟。他們要獨立還為時過早。腐敗、敵對，戰爭、死亡和破壞——這些就是所希望的自由帶給他們的全部。

「但這不是現在所講故事的重點。我們飛行了差不多一天一夜，途中降落過幾次。乘客只有我一個人。但是有很多貨物，顯然用於軍事。

「我們降落在野外飛機場——一片空曠的叢林中。我被送去休息，第二天早上認識一個新團隊。隊員們看起來很嚴肅——他們已經出差三個月了。正好他們的指揮官是斯塔尼斯拉夫。好吧，我問：『我的電台在哪裏，我什麼時候交接工作，以後誰負責向我發送數據？』大家相互凝視一眼，然後斯塔尼斯拉夫說：『你得和我們一起去，我們的信號員生病發燒了，我們把他送上飛機去大陸上的熱帶疾病研究院。有一位女士在基地電台工作，但她不能和我們一起去。因此，請做好準備，獲取設備、武器和口糧——我們明天出發。』『等一下，』我說。『我接到的指示有所不同。我不是軍人，我是平民，他們只是派我參加軍事訓練，給出的指示是讓我在基地工作。』『好吧，』斯塔尼斯拉夫回答，『生活由自己進行調整。你是軍人，現在在部隊。因此，你必須服從命令。快點，你還有一些時間可以準備。』事情的轉變完全出乎意料，但我並不是很擔心。三十歲時，我身體狀況良好，熱愛冒險，並對自己的能力充滿信心。是的……只要我知道……

「他們給了我另一種陌生的制服——斑點連體衣、卡拉什尼科夫突擊步槍、十五至二十公斤的帶肩帶的無線電台，一切都變得像野營一樣。我與一名仍在基站工作的女士討論了所有技術問題，第二天我們真的出發了，乘著一輛敞篷『烏阿斯』。五個人：我和四個強壯的男人——一個團隊。他們四個輪流開車。天氣很好，當地——冬天，溫度為二十度。就像我們說的那樣，這是一條野外的道路，而且雜草越來越多。四小時後，我們用樹枝遮擋住我們的汽車，然後徒步出發。其中一位說：『這裏位於與南羅得西亞交接的邊界（據我後來瞭解，他叫托利亞）。如果被『巡邏轉盤』上的羅得西亞人發現，那麼我們就不會活著。』然後，終於，我開始意識到致命的危險。『他們會直接殺死我們嗎？』我天真地問。他像瘋了一樣看著我。『你認為呢？只是俘虜？他們會遵守《日內瓦公約》嗎？對於他們來說，我們就像這些叛亂分子一樣是強盜。而且我們沒有證件。我們將成為下一個『失蹤者』。順便說一句，按照當地的規則，對於我們來說，他們同樣是我們可以射擊的目標。』他沉默了，我陷入了深思。又過了三個小時，我們到達了人民革命軍的邊境訓練營。來自當地人口的二百名赤腳學員在那裏進行軍事訓練。恩德貝萊族曾經是祖魯部落的成員，都是些高大英俊的年輕人，常常攻打周圍部落，以好戰而聞名。一個半世紀前，祖魯族最高統治者查卡組建了一支強大的軍隊，正是由這個民族組成的。查卡征戰無數，五十年後，建立了祖魯人獨立王國。直到1879年，由於戰爭，英國消滅了該王國，將其分裂，實際上變成了殖民地。順便說一下，在這場戰爭中，英國人因『野蠻人』而蒙受了巨大損失，因為低估了他們的戰鬥素質。1823年在姆濟利卡齊的領導下，成立人民革命軍戰鬥部隊的恩德貝萊族人民離開了祖魯族，逃離了徹底性的毀滅，這激怒了無所不能的殘酷統治者查卡。他們首先在德蘭士瓦征服當地部落，並於1836年，布爾人抵達後，進一步征服津巴布韋以北。1890年，恩德貝萊族國被英屬南非私人公司的軍隊征服，羅得西亞（後來的南羅得西亞）的歷史開始了。

「訓練營裏只有年輕男人。這是祖魯人的軍事傳統。但有時還是有當地村莊的女孩出現在營地附近。「好幾次，我在黃昏的寂靜中目睹了坦率的性愛場面，起初我以為這一切都跟我們一樣。也就是說，如果一個男人和一個女人赤裸裸地擁抱著，那麼……那麼你們懂的——孩子會出生。事實證明，並非如此。更確切地說——根本不是那樣。所有祖魯人中，女孩在結婚之前必須保持處女身。但同時，也不禁止性行為，有時甚至鼓勵性行為，不過……不能進入，因此也不會懷孕。剩下就是完全的想像自由，可以相互滿足。考慮到所有人從青年時期就開始這樣做，因此相互自慰的花樣多不勝數。後來我發現，相關文獻中的這種技術被稱為『沉重的非插入式性行為』。『沉重』一詞被理解為『達到高潮』，直到完全滿意為止。用當地語言，這種行為屬『互相自慰』，基督教傳教士和地方政府都無法鏟除這種習俗。是的，也許他們沒怎麼真正地嘗試過。

「我們小組的一位成員（我們叫他米哈伊爾）第三次來這兒了，他對一切都很瞭解，有時還會嘗試。順便說一句，在這些事件發生五年後，他死於某種未知疾病。那時我們對愛滋病一無所知，但是從今天獲得的信息來看，南非的祖魯人大約百分之二十感染了愛滋病毒。那麼風險水平如何——可想而知。」

我的這位新朋友沉默了，他仔細聆聽播音員宣布即將登機的航班，然後瞥了一眼電子信息板。

他說：「不，還不是我的航班。」然後接著說：「十天來，我認真地將斯塔尼斯拉夫傳給我的信息發了出去。有時，一小批武裝起義者離開營地，有時一些團體來到。但是在我看來，那些更早離開的人裏面，沒有返回者。我們的夥伴在總部的帳篷裏計劃一些事情，我有很多空閒時間，已經在考慮互相自慰，但是沒趕得及。一天晚上，我們聽到了螺旋槳的聲音，而斯塔尼斯拉夫來到了我的帳篷。他臉色煞白，毫無血色。他說：『我們必須在一分鐘內離開這裏。否則我們就死定了。』『怎麼了？』我問，同時穿好衣服，整理好電台。『偵察兵[1]快到了。』他回答。『但我們這裏還有兩百名戰士？我們會戰鬥嗎？』『你不會和他們戰鬥的。』斯塔尼斯拉夫說。『這些都是純粹的魔鬼。』

「時間足夠了。你知道，如果你渴望活著的話……我們一群人聚集在郊區樹林的一棵大樹下。但並非一切都井然有序。我們中的一個——瓦西里，肩部中了一槍。不僅如此，子彈穿過肩膀，深深地扎進了骨頭，我們用繃帶給受傷的戰友包紮，並給他注射了來自軍隊急救箱的抗毒劑，然後加速前進。遠處傳來稀疏的槍聲和逐漸安靜下來的戰鬥聲。米哈伊爾悲哀地說：『一切都結束了，所有人都被解決了。』『然後解剖屍體，』斯塔尼斯拉夫補充道。『什麼？』我不明白。『好吧，這是祖魯人的習俗——把死去的敵人解剖，從而釋放他們的靈魂。偵察員很樂意這樣做。』

1 塞盧斯偵察兵，南羅得西亞的一支精銳特種部隊。（作者注釋）

「我們走了兩個小時，太陽已經升起來了。突然，斯塔尼斯拉夫停下腳步，爬到最近的樹上，舉起他的雙筒望遠鏡，開始穩定地注視著遠方。然後他迅速下來說：『他們正在追捕我們。很糟糕。』

「同時，瓦西里的情況變得越來越糟。他流了很多血，抗毒劑的藥效已經過了。我們嘗試帶著他一起，但效果不是很好，我們不得不停下來。瓦西里一跛一跛地去灌木叢方便，突然從那裏發出一聲槍響。大家彼此對看一眼，心裏都很明白。有人說：『我們把他埋了吧。』沒有鏟子，我們發現了一個坑，然後用乾樹枝把屍體蓋了起來。雖然很簡陋，但至少……

「然後，我們出發了，幾乎跑著前進。我試著打開無線電台，但持續發出噪音和啪啪聲——電池沒電了。帶著它一起跑真的很辛苦，我不得不用大石塊把它砸毀，然後扔掉。我們一直走到天黑，然後在星空和手腕羅盤的指引下，繼續在黑暗中行走。在我看來有兩次，我覺得自己幾乎已經死了，當然這只是幻覺。那裏讓我想起了年輕時對旅遊業的熱情。

「第二天晚上，我們終於擺脫了圍捕，退縮到贊比亞軍事巡邏隊。我們在『拘留所』裏過夜，早上他們來找我們。『你們戰亡的隊友被發現了，並且不知不覺中已被確認身份。順便問一句，你們不知道他是怎麼被確認的嗎？』當地駐紮官問我們。『也許因為紋身，』斯塔尼斯拉夫推測。『也許吧，但現在迫切需要把你們從這裏送走，從而避免外交和其他麻煩。表面上看起來，我們不在這裏，你們也不在。』他莫名其妙地非常仔細地看著每個人，然後單獨看著我。『你們今晚乘坐運輸飛機離開。你們將在出發前收到證件。休息一下吧。』他離開了，斯塔尼斯拉夫陷入沉思，然後轉向我：『你現在去洗手間，然後悄悄地穿過院子到達指定地點，不要讓我們隊裏的人看見你離開。但是上飛機不要遲到。』『你是說……』我剛開口就被他打斷了：『不要想，去做。上帝比較眷顧謹慎的人，就這樣吧，你不會在這裏，也不會出現問題。』他補充說：『即使我們真的不想執行命令，我們也有義務執行。但是，當我們無法執行命令時，這是另一回事……』他轉身離開。

「我完全按照他說的去做了。傍晚，我們已經飛向某個地方。不過，我們並沒有接到證件，但我們並不認為這是一個問題，因為我們會飛回家。飛機起飛了，團隊給我們吃了乾糧，我們睡著了，然後輪流去廁所。突然，一個沮喪的指揮官走出了駕駛艙，說：『緊急情況。我們被迫降落在伊斯坦布爾。』『所以會怎樣？』『什麼怎樣？他們會進行強制性搜索，並且你們沒有證件。你們會被立即逮捕，我們也一樣。出路只有一個：我們降落後，你們立即秘密地離開飛機。明白嗎？』整個艙內一片沉默，然後斯塔尼斯拉夫問：『我們如何離開？我們要去哪裏？』指揮官回答說：『你們自己看著辦吧。你們是軍人，你們訓練過在這種情況下該如何行動。所以遵循訓練，行動吧。』然後他離開了。

「飛機開始下降，然後降落在一個巨大機場的邊緣。不遠處有兩米高的水泥圍欄。沒錯，柵欄頂部有一些電線——可能是警報。飛行員離開駕駛艙，幫我們打開艙門，在我出來之後立即關上了它。我們輪流跳出艙門，雙手撐著垂懸在艙口邊緣處，接著跳入暗處，落在混凝土跑道上。然後，我們試著躲在飛機的陰影下，衝向籬笆，我們互相幫助，迅速向外移動到某個地方，連忙躲進暗處。警報聲在後面『尖叫』起來，信號聚光燈亮了，但我們已經跑得很遠了。大約十分鐘後，我們走上柏油馬路，嘗試攔下一輛經過的汽車。

「又過了十分鐘，我們成功了。我用蹩腳的英語，請司機帶我們去蘇聯大使館。他知道使館在哪兒，並且報了金額。我們身無分文。斯塔尼斯拉夫取下在贊比亞市場上購買的假勞力士交給了司機。他點點頭，我們坐車離開了。『希望他不會把我們帶到警察局。』米哈伊爾喃喃地說，但是司機聽懂了並用斷斷續續的俄語解釋說，他不需要知道我們的問題，而且以手錶作為車資很合算。

「大約二十分鐘後，汽車停了下來。司機說：『使館就在拐角處。』司機讓我們下車，然後開車走了。願上帝保佑他健康長壽。我們到達街區的盡頭，我仔細地注視著拐角處。大使館確實在那兒，但是入口由土耳其警察守衛。『不行，』斯塔尼斯拉夫說。『他們會拘捕我們的。』那時大約是凌晨4點，我們在街上閒逛了兩個小時，引起了清晨路人的注意。大約6點的時候，一輛黑色汽車沿著街道朝大使館駛來，引擎蓋上掛著蘇聯國旗。斯塔尼斯拉夫跑到它旁邊，用俄語朝後座的白髮老人喊了幾句。駕駛員放慢了速度，放下玻璃窗。他聽了一段不連續的故事，然後讓我們到後座，自己坐到了駕駛員旁邊的座位上。因此，我們四個人坐在後排，我們從警惕的土耳其警察身邊駛過。

「我們吃了一頓飽餐，換了衣服，當地特勤人員遞給我們護照，護照上有迄今不為人知的名字，但是帶著我們的照片，到了晚上，我們已經洗了澡，刮了鬍子，然後乘飛機回家了。」

「這是故事的全部嗎？」我問維克托。

他看了一眼顯示屏。

「十五分鐘後，航班就會到，我得走了，」然後他再次轉過身來對著我：「也許就這些，但也許不是。」

無論如何，當他們將證件退還給我並將回程票交給我時，一位年邁的、似乎與故事無關的上校坐在一張單獨的桌子旁，突然說：『你表現得很好。可能會獲得一些獎牌。好吧，你沒有扔掉自動槍，但你砸毀了無線電台，資產負債表上已列出該電台。』『什麼，會從薪水中計算出來嗎？』我問。『我們拭目以待，』他神秘地回答，然後繼續說：『為什麼沒有扔掉自動槍？』這時我想起了一個故事，並簡單地告訴了他——

一位參加過偉大的衛國戰爭的老人邀請我一起喝酒。他在高加索地區以普通人的身份加入了戰爭。德國人在那裏與登山者和阿爾卑斯山居民組成的山林精英部隊作戰。而紅軍：同樣，軍大衣、鞋底光滑的充革布靴和帶刺刀的三英分口徑的步槍。德軍步步緊追，他們拔腿就跑，督戰部隊的人也只有在他們通過隘口時才能抓住這些逃亡的士兵；大多數不適應山區條件的登山者都扔掉了又長又重的步槍，選擇輕裝前進。他沒有扔。他拖著它走，但沒有扔掉。當他們集合列隊時，十分之一沒有武器的人都被槍殺了。他和其他幾個持武器的人獲得軍士銜。我說：『就是這樣，我記得這個故事，所以沒有放棄武器。』然後，我仔細看了一下，看到上校上衣的戰爭參與者徽章。『所以你也是成員嗎？』他回答說：『是的，在庫爾斯克弧形地帶大會戰時燒掉了坦克。』『所以呢？』我詼諧地問。『他們後來沒有計算坦克的價格。』『走吧，你這個『喜劇演員』，』上校回答。『年輕人。當局當然會收到命令。』『正義在哪裏？』我說。『你想在軍隊中找到它嗎？』上校回答了這個問題。『這些傢伙會與你建立很好的關係，因此你會獲得更好的禮遇。這更重要。至少你還活著，完整而且健康。』他用一種特殊的方式看著我。

「我從新回歸到沒有非洲、槍擊、疾病和裸體黑人女孩的正常生活。但是我在那兒丟了一些東西，也許是我從那兒帶走了什麼東西。」

維克托堅定地站起來，準備說再見。

我問：「告訴我，你沒有透露任何國家的機密？」

「起初，也許這裏有秘密，」他回答。「但現在他們已經在媒體上公開談論此事並在電視上報道。」

「再見，維克托。」我說。

他眼裏充滿狡黠：

「知道嗎，斯塔尼斯拉夫曾經告訴我，應該總有一個後備方案。我們假設這是我的化名。」

「所以你不是維克托……」我開口說道，但是他已經前往出口，現在已消失在玻璃推拉門的後面。

我陷入沉思。每個人都有整個世界。毫無疑問，偉大的詩人葉夫根尼·葉夫圖申科在1977年前後寫道：

沒有死亡感就沒有生活感。
我們的離開不會像水流入沙灘。
但是活著的，即那些代替死者的，
他們永遠不能取代死者。[2]

2　葉夫根尼·葉夫圖申科，《三葉草田地會發出聲音》，1977年。（作者注釋）

我的航班在顯示屏上閃爍，然後我去登機。

希詫

赫瑞修，世界上的事物浩如煙海，
我們的聖賢也無法參透。
——莎士比亞《哈姆雷特》

一

7月是巴塞羅那一年中最炎熱的月份，目前，本應在夏季來訪的客人還沒到，所以我決定周末去山裏待兩天，呼吸一下新鮮空氣。車上的導航儀顯示大約二百公里，歷時三至三小時半，一大早，我吃過飯開著車踏上了我的旅途。清晨，城市的交通十分繁忙：當地人趕著去做事，遊客忙於出遊，等上了主道，就可以喘口氣了。

多車道的高速公路上沒那麼擁擠，可能夏天這兒不是主要的旅遊路線。我踩了一腳油門，綠地、銀色叢林、個人莊園和小村莊一閃而過。矗立於丘陵間的古老城堡漸漸落入視野，不過都是一些狀態良好的住宅。正如我看到的那樣，一切都被繪織在加泰羅尼亞這幅美麗又繁榮的畫卷中。

大約兩小時後，我下了高速，在汽車導航儀的指導下進入山麓。這條路已不再那麼平坦了。我瞥了一眼儀錶盤，突然發現氣油快用完了。「得加點油」，我開始尋找加油站。半小時後，我找到了。那是一棟相當古老的建築，就在路邊不遠處，而且剛到時，我沒有看到任何可以詢問的人。

過了一會兒，從後面的小酒吧走出一位頭髮斑白、體格強壯的老年人向我打招呼。他身上保留著一些早已被人們遺忘的時尚——長髮、鬍鬚、破舊的藍色牛仔褲和夾克。

「這兒可以加油嗎？」我問。

「當然，」他回答。「還可以吃東西。」

這是個好主意，今天的早餐太清淡了——兩顆雞蛋、一杯咖啡和一片夾果醬的麵包。加滿油後，我去了酒吧。這裏的一切都跟加油站一樣帶著濃厚的歷史味道。廚房裏一名上了年紀的女人忙得團團轉，她穿著深色的長裙，圍著圍裙，沉默不語。但做出來的食物卻出乎意料的好吃——炸雞配蔬菜。很簡單的菜，但餓的時候它更美味。我坐在建築最裏面，窗邊，一張不完整的木桌旁，這兒只有一層樓，我是唯一的來客。對面還有一扇窗戶，我可以看到我的車和加油站的一部分。空地周邊圍著一些裂開的金屬管，露在外面的金屬絲錯綜纏結，構成了一張稀疏的金屬網作為簡易柵欄。那兒停著三輛小轎車，上面鋪滿了厚厚的灰塵和鐵鏽。另一邊，大約一百米處，可以看到一片茂密的森林，一條狹窄的小徑通向那片森林，大概與我吃午餐的這棟樓垂直相交。

「喝一杯嗎？」主人悄悄地來到我身邊。「今天是聖何塞日。我也叫何塞，為節日乾一杯。」

然後他舉起了手中霧氣濛濛的陶壺。

「我不能喝。」我回答。「你忘了嗎？我要開車。」

「好吧，」他把紅酒倒入一個深色的玻璃杯中，一飲而盡。

在我看來，這紅酒似乎是綠色的，但可能只是被玻璃杯的顏色映成了這樣。

「這條路通向哪兒？」我指著那條路轉向正在嚼雞肉的何塞。

「這就是去那裏的路……」他全神貫注地看著我，奇怪地回答。

「也是回來的路。」我想像得出他接下來要說什麼。

「不同的人對它的定義也不同，」何塞回答。「有時是回來的路，但更多時候是去那裏的路。」

我想：「真是個古怪的老人，」我沒再繼續這個話題，結完帳我就出去了，正好可以透透氣。這會兒應該是正午。我看了看手錶，「是的，12點10分。應該去散散步，以免開車時睡著。」我繞過房子，堅定地沿著那條小路……

幾分鐘後，我走進了一個茂密但光線充足的小樹林。這條路竟然沒有消失，而是繼續指引我走向一個路口。看起來很近，但是我已經走了大約十五分鐘。「回去，還是怎麼辦？」一個念頭閃過，但我認為這是懦弱的表現，我毅然決定堅持到底。路口比預期的要遠，不過現在我已經爬上了山坡，走出了樹林，我面前是一個巨大的、略微凹陷的盆地，上面覆蓋著紫色的草和鮮黃色的灌木，邊緣處籠罩著層層薄霧，離我所在的地方至少兩到三公里。在右邊一個平緩的斜坡上，幾乎就在眼前，有一間小小的單層房，帶有四扇窗和一個小葡萄園。我走了過去。那裏有位老人正忙著修剪並綁紮些什麼，不知為何，他看上去有點像加油站的何塞，不過他穿著寬大的褲子和深色的襯衫。我們互相打招呼，他作了自我介紹，說他叫約瑟夫，過了一會兒，他停下了手中的工作。

「你是從何塞那邊過來的嗎？」他詢問並繼續說：「不要走太遠，會迷路的。」他看著太陽，補充說：「如果太陽下山，你就找不到返回的路了。」

我也介紹了自己，下意識地看了一眼太陽。「的確，它向地平線傾斜得過低。這不可能，現在才中午1點左右。」我回答：「好。」然後就開始下山了。一些奇怪的紫色匍匐植物在我腳下蔓延。看起來它們好像在我眼前移動。「不，當然，這是一種幻覺。」草叢裏生長著一些小野花，散發出濃郁的香味，但對我來說——是陌生的。一隻巨大的八腳螞蟻爬到其中一片花瓣上，八隻腳！花瓣迅速蔫了下來，似乎被牠吃掉了。「有趣，」我俯身。「螞蟻應該六隻腳才對，八隻是蜘蛛。」這時，像小蜥蜴一樣的東西滑進了草叢。是的，鮮紅色的。「但我以前沒見過紅色的蜥蜴。也許是蛇嗎？」不想再往前走了，而且奇怪的太陽莫名其妙地、不自然地迅速移到了地平線上，似乎根本不在西方。

天空變成了綠色。一些刺耳的聲音從遠處傳來。一隻很大的鳥高高地漂浮在空中，偶爾拍打幾下翅膀。我想：「龐然大物！考慮到距離，牠應該有大型噴氣客機那麼大。」

一條小溪在我面前嘩嘩地流淌著，水是淡紫色的，但是看起來很清澈。在潮濕的泥土中仍然保留著一些當地小動物劃過的痕迹。我想弄清楚這些腳印，但馬上又停止了這毫無意義的嘗試。腳印跟我的手一樣大，有四根指頭，一根單獨朝外。「鴕鳥，還是什麼？」

已經不想繼續前行了，於是我決定返回。當我走到房子附近時，約瑟夫再次放下手中的工作，向我走來。他手裏拿著的裝有紅酒的陶壺，跟我今天看見的何塞手中的一樣。

「喝一杯嗎？」他問我。「今天是聖約瑟夫日。」

「但何塞說是聖何塞日，」我很驚訝。

「不同的人有不同的叫法，」約瑟夫神秘地回答，並補充說：「這一天很難等到，每二百六十三天只有一次，對於我們中的每一個人來說，它都是獨一無二的。人們來來往往，但這個世界沒有任何變化。」

「何塞是你的兄弟嗎？」我感興趣地問。

「不。」沉默了一會兒，他補充說：「孫子。」

我難以置信地看著他，他再次邀請道：

「喝杯紅酒吧，無需付費。」

不過我已經揮手告別，前往樹林。太陽仿佛一顆巨大的橙色皮球懸掛在十分接近地平線的地方。突然，一些小而且黑暗的東西越過了這顆熾熱的火球，在變的黯然無光的天空中消失了。星星逐漸浮現。奇怪，我沒找到熟悉的星座。在日落的另一側，地平線邊緣，兩顆小而明亮的行星升起，兩顆！「是幻覺嗎？」我加快了腳步，不尋常的陽光直射地平線時，我越過了盆地的邊緣，幾乎跑著沿樹木之間蜿蜒的小路往回趕。每走一步，它就會變得更亮，最後我離開了樹林朝加油站走去。

這兒——閃閃發光……明亮、夏季、炎熱、正午的陽光。「而那裏——日落？這怎麼回事？」我想。

我的車就在眼前，裏面的時鐘顯示下午2點！

何塞朝我走來。

「散步得怎麼樣？」他問。

「還不錯，」我回答。「對了，你的祖父約瑟夫讓我幫他給你帶好。」

「知道了，」何塞回答。「看來你沒喝紅酒。」

這聽起來像一個總結。

「如果喝了會怎樣？」我好奇地問。

「不會怎麼樣，」何塞平靜地回答。

「可能是這樣，」我想。「喝完酒以後會進入昏迷狀態。似乎在史詩《奧德賽》裏提到過這種東西，這種飲料是用水花製成的。」

「你那綠色的葡萄酒不是用蓮花泡製的嗎？」我大聲問。

「不，」何塞回答。「祖父的葡萄園就足夠了，還有母雞……」他好像突然意識到什麼，停了下來，不再多說。

我想：「真有趣，最近我好像真的在那條小溪的河岸上看到了烤雞的痕迹。」

「還好你趕到在日落之前，」何塞繼續說。

這時我的目光停在網狀柵欄後面那堆廢舊汽車上。

「這些是誰的？」

「那些沒趕在日落之前的人的，」何塞冷淡地回答。

「他們去哪兒了？」

「我不知道，也沒人知道。因為這條路有時只通向那兒，有時可以返回。所以，它們一直在這兒——等著它們的主人。」

在廚房工作的女人走到酒吧門口。

「這是你的妻子嗎？」

「母親，」何塞回答。

「你在這兒很久了嗎？」

「很久，非常……」

我離開了這裏並思考了所有這些謬論：「一個奇怪的地方，有些虛幻。好像什麼都沒喝。」記憶有些模糊，然後搖擺不定，接著漸漸消失，一個星期後，它們不再困擾我。這常常發生在清晨，尤其在你沒有足夠的睡眠時。某些東西在記憶中不規則地閃爍，並且隨著時間的流逝很快消失。

次年2月，我再次上山——滑雪。當我看到熟悉的拐角處時，微弱的記憶刺痛了我。沒有加油站，也沒有舊車。我下車，決定去散散步，看看熟悉的地方。這條小路帶領我穿過了冬季的樹林，到達了山谷的邊緣，然後……它消失了。

我環顧四周——完全陌生的地方。前面只有難以通行的灌木叢。我不得不回頭，我回到原來的地方然後開車走了。我在找什麼？畢竟，這不是聖何塞日。

我專注地開車，一些話在我內心某個地方慢慢出現。「這是不可理解的、矛盾的，像文學創作一樣：作為文學創作，只有違反既定規則，才能創造出有價值的東西，但這正是無法做到的。」我像平時那樣集中精力，然後想起一首與這種意境相符的詩。這次是白銀時代的著名詩人，文學象徵主義的思想家之一：季娜依達·吉皮烏斯（德米特里·梅列日科夫斯基的妻子）：

我喜歡抽象：
我因它們創造生活……
我愛所有的孤寂
和隱蔽。
我——是我那份神秘，
和那些異夢的奴隸……
但僅限於與眾不同的言語
用簡單的話，我無法傾吐……[1]

1 季娜依達．吉皮烏斯，《書上的題詞》，1896年。（作者注釋）

二

1

他今天比平時起得更早——一大早就已經行程滿滿。列昂尼德瞥了一眼掛在對面牆上的彩色日曆，是政府部門送的，外面的標題是用很大的、紅色的、古斯拉夫字體寫的：「蘇共第三十四屆大會的決議」。一切都和往常一樣。今天是2017年3月15日，星期三。

「那麼我們從哪裏開始呢？」列昂尼德開始回想今天需要處理的緊急事務：9:00會見外國夥伴代表團；10:30參加科學技術理事會會議，他是主席，而且還擔任石油天然氣工業聯合科學研究所所長；12:00參加聯盟部的視頻會議。然後午餐。15:00去看醫生。他想了一會兒，是有一些奇怪的感覺，但並不是擔心，可是仍然……他一周前通過了所有測試，然而他就這樣「忘了」。但在內心某個地方畫著一個大問號。今天會得到結論，這個問題將結束或繼續，誰知道呢？女傭半小時後會在客廳準備好早餐，現在，他決定看一下郵箱，看看昨夜收到的材料。列昂尼德坐在桌旁，將電腦拉向自己。大約有十封新信件，其中大部分是官方信件，還有一個視頻文件。他打開了附函。那裏寫著：「列昂尼德・米哈伊洛維奇，我們是一群『老年』山地滑雪運動員，我們地區開設了一家講述這項運動發展史的博物館，並邀請您參加這次活動。我們向您發送一個採用現代技術重塑並且有您參與的視頻，日期為1973年。」他看了十五分鐘。是的，他們都被記錄在這裏，四十四年前的年輕和美麗。而且他——頭髮垂落在肩膀上。列昂尼德悲傷地看著鏡子，現在沒有頭髮了。視頻質量較差，有噪音，但畫面比較清楚。現在他再次出現在視頻裏，已經在吃午飯了，喝了些水，然後轉過身，直視著今天的他，揮了揮手。

列昂尼德洗漱完，刮完鬍子，吃了早餐，換好衣服，乘公司的車去學院了。

一切都按計劃進行，15:00，他已經坐在他信任的醫生面前——伊凡．斯捷潘諾維奇。

醫生給了他很多幫助。「我向你保證，」他開始說。「一切都正常，但您不能忽視您體內的這種小缺陷，雖然它不會影響人體的重要功能，但我仍然建議您祛除它。現在時機剛好，隨著時間的流逝，會出現更多情況。一個人年齡越大，通過手術無痛去除任何東西的難度就越大。」

醫生笑了。看起來他是對的。

列昂尼德回答：「好吧，我們儘快解決這個問題。」

兩天後，他已經躺在手術台上了。

伊凡．斯捷潘諾維奇告訴他：「手術不會有問題，但會很痛。因此，我們要全身麻醉。」

「也許沒有必要？」列昂尼德擔心地說。「從小到大麻醉劑就對我沒什麼用。我最好還是忍住。」

「不會的，」醫生向他保證，「我有很好的新藥！您不會有任何感覺。」

列昂尼德懷疑地搖了搖頭，或者說左右晃動，因為他是平躺著的，但不知何故他們並沒有注意到，並向他的左手靜脈注射……

2

鬧鐘響了，最後他睜開了眼睛。才早上6點。這麼早起床實在是太難了！他的目光投向對面牆上的大掛曆，上面有紅色的標題：蘇共第二十四次代表大會的決議——將蘇共代表大會的決定付諸實踐。1973年1月6日，星期六。「為什麼要在休息日這麼早起床？」這時，他想起前一天與男孩們商量好要上山滑雪。他加入這項運動僅兩年，他甚至不認為這是一種運動，簡直就是集體性的精神錯亂。但在某個冬天，他借工會旅遊的機會去了高加索地區，並且深深地愛上了這份「事業」。他不得不起床，儘管窗外漸漸明亮起來，但畢竟地面濕滑、航髒——南部的冬季，山上可能有雪。他赤腳，邁著輕盈的腳步，試著在不吵醒「赫魯曉夫」三居室裏其他人的情況下走進洗手間，然後進入廚房。二十分鐘後，列昂尼德已經站在無軌電車站了。他的小背包裏裝著一份很大的三明治，夾著「醫生牌」香腸，還有一個綠色的軍用酒壺，裏面裝著「干邑白蘭地」的酒精飲料。因為沒有純正的，所以自己在家用伏特加、咖啡和肉豆蔻釀造。

背包中的主要物品是捷克製造的皮革滑雪靴，擠腳，沉重和不便，通常被稱為「西班牙靴」[2]。手中的木製滑雪板「貝斯基德山」，長二百一十厘米，帶有金屬邊緣和固定裝置，後跟牢牢固定。他身著藍色帆布外套，裏面是一件媽媽織的厚羊毛衫。他把帽子留在家裏了——因為他有長長的、濃密的髮

2 中世紀的刑具。（作者注釋）

絲，溫暖度不比羊毛差。

好吧！二十七歲的幸福還需要什麼？早上7:30，所有的夥伴——九個人聚集在車站，從長途無軌電車那裏出發，可以到達山口。十分鐘後，他們出發了。車上的其他乘客帶著困惑看向滑雪裝備，善意地說笑起來。為了紀念蘇共、各種革命性節日和其他節日，在車站附近的標語牌和橫幅上寫著祝酒辭和問候語。他們號召大家做得更好——但通常都是「廢話」。五十分鐘後，一輛無軌電車駛入真正的冬天。取代雨水的是漫天飛舞的鵝毛大雪，太陽衝破層層烏雲。兩邊聳立著巍峨的雪山。他們被大山深深吸引。小隊下了車，徒步前行，連續走了一個小時，沒有停過，肩上背著背包和重型滑雪板，有時會換一隻手拿。夥伴們很強壯，沒有人要求休息。終於，他們到達了山頂。在廣闊的視野中，你可以隨意上下張望，山頂被厚厚的積雪覆蓋著。

接下來的三個小時快樂自在地過去了。他肩膀上扛著滑雪板，然後踩上滑雪板，滑了下去，趁著現在還有足夠的力量。一位同伴停下來，從他的背包裏拿出一台膠捲相機，開始拍攝這些普通的山地滑雪運動員。最終，他們決定吃點兒東西。他們拿出所有從家帶來的東西，而且很有食慾。最後，飲下了綠色小酒壺中的「白蘭地」。正好在那一刻，「攝影師」再次開始拍攝。列昂尼德喝了一口小酒壺中的酒，然後把它傳給了其他人，接著望向嗞嗞作響的鏡頭。他朝身後的人揮手示意，並且折了回去。

突然，他覺得有人正通過攝像頭看著他的後腦勺。是別人，不是這個同伴。甚至背上還濺上了一層霜。列昂尼德轉過身來，仔細地看著相機，然後再次向那個看著他的人揮手。

然後他們往回走了很長一段時間。在無軌電車路線附近，他們遇到了一群滑雪橇的小女孩。女孩們像看英雄一樣望著他們。這種被人崇拜的感覺很美好，不過，他們等的車來了……

3

「Despierta, Leonid![3]」Josep 醫生說。「Ya hemos terminado.[4]」

「Ya no estoy durmiendo.[5]」列昂尼德回答。他感覺嘴唇很乾，想喝水。「怎麼說西班牙語？哦，對了，我在西班牙一家私人診所做手術。」他瞥了一眼牆上碩大的電子鐘。2017 年 3 月 15 日——一個小時過去了。他躺在重症監護室，然後有人替他叫了計程車，載著他從繁忙的歐洲公路回家。

他躺在沙發上，拿起平板電腦，開始看財經新聞。畢竟，在過去的二十年中，他領導了一家商業銀行。該新聞包含有關俄羅斯、烏克蘭、白俄羅斯，這些獨立國家之間的問題和衝突的信息。然後，他打開了電子郵箱，裏面有幾封帶有文字的信件和視頻。

列昂尼德決定觀看視頻。它來自 1973 年的一部非常古老的膠片相機。他們在這裏——年輕又美麗，

3 西班牙語，意思為：「醒醒，列昂尼德！」（作者注釋）
4 西班牙語，意思為：「我們已經完成了。」（作者注釋）
5 西班牙語，意思為：「我已經醒了。」（作者注釋）

包括他。他們徒步前行，然後在白雪皚皚的山脈上滑雪，跟著吃午餐。他也在裏面。他飲了一口水壺中的水，然後轉身，揮了揮手，轉過頭。然後……他再次轉過身，認真地看著這個時代的他，直視他的雙眸，然後再次揮舞他的手。這是他第二次揮手了，仿佛感受到了他的眼神。

到了晚上，縫合的傷口開始劇烈疼痛，列昂尼德想起了醫生給他的藥。「Tomaz por la noche si hay dolor agudo, pero no mas de tres veces, o puede ser adictivo.[6]」他同時說。列昂尼德把一片藥放進嘴裏，喝了一口水咽了下去，然後躺在沙發上。他閉上了眼睛，幾乎立刻就感覺到某種新的、不尋常的現實，他漸漸陷入其中，無法自拔。他的人格似乎分裂了。他清楚地看到了兩條路，並且同時出現在兩個世界。但站在更高層次來看，它仍然獨立，是一個整體。這是其中的一條，而他就在這條路上。在這個世界裏，一切都很平穩而且合乎情理。蘇聯和東歐的附庸國依然存在，他前程似錦，是一家大型研究所的所長。他很受重視，他是一位著名的專家，已經取得了很多成就，他的職業生涯甚至一次都沒有被打斷過，沒有意外和失事。但還有另一條路，曲折和蜿蜒——那裏也有他。在這個世界裏，蘇聯於 1992 年分裂為多個獨立國家，東歐國家移民到了歐盟，俄羅斯和烏克蘭之間仍在發生局部軍事衝突，一些未知的新衝突會在不久的將來爆發。

在這裏，他清楚地看到了人生歷程中無數次的跌宕起伏。似乎有兩次，他的生命差點兒被永遠打斷。

6 西班牙語，意思為：「如果疼痛難忍，可以晚間服用，但不要超過三次，否則可能會上癮。」（作者注釋）

在這樣的人生道路上，他於1992年開始經商，經營一家商業銀行，他奮鬥過，遭受過苦難，失敗過，也成功過，被愛過也被恨過。最近又經歷了坎坷，然後……西班牙。

當然，他不僅要回顧過去，而且要展望未來，但這是不可能的——它蘊藏在時間的灰色面紗中。他認為：「我們生活在一個概率宇宙中。未來的可能性取決於我們目前的行為，而你尚未涉足。」

列昂尼德內心某處很明白，需要選擇命運的一種變體。

他熱愛詩歌，相信詩人從絕對真理的源頭、世界綱領、普遍的「服務器」中獲取信息。因此，他想起了羅伯特．弗羅斯特那首著名詩篇《未走過的路》（*The Road Not Taken*）。

兩條路在秋天的林間分開，
我站在岔路口，沉思；
路只有兩條，而世界廣闊無垠，
但我無法分身，
而且有必要決定一些事。[7]

---

7 羅伯特．弗羅斯特，《未走過的路》，1916年，科魯日科娃譯。（作者注釋）

「永恆的時間裏，事件的分支點在哪兒？」他的思緒朝這兩個方向移動：十年、二十年、三十年、四十年和四十四年前——1973年1月6日。他就像計算機程序中的「窗口」一樣「擴展」了這一天。

年輕，長髮，他向攝影師揮手，而且他現實中的生活也開始朝著這個方向發展。

在這裏——他感覺到遙遠的未來，再次揮手，世界線已分裂。

這是難以理解的、奇怪的，他的思想拒絕接受因果關係：由於如此微不足道的原因，新世界不可能出現。

但裏面存在一些暗示：「不要被帶走，也許你不是命運中重大事件的發起者，但這樣的人很多。再說，並非每個人都能看到過去。你只需選擇自己的生活道路即可。」

記憶有助於揭示兩種經歷的事實和事件。理智說：「平靜和成功地生活多好。」內心高呼：「這就是生活？你的努力都是為了它嗎？你期望這樣嗎？」

「該如何選擇？」

突然他意識到：「在第一種情況下，沒有摯愛的她。也就是說，出現了一些女人，但沒有她。問題立即解決了，標準被找到了。」他毅然決定：「當然是第二種情況。沒有激情的生活不適合我。」

「生活——是路、目標和回報。生活——是愛的舞蹈。[8]」所羅門王說。而其他的——不重要。

8 所羅門王的箴言。（作者注釋）

我選擇了右邊的路。
然後，轉身，它消失在灌木叢中。
間道，漸漸浮現。
在我看來，它變高了很多。
但是，兩條都變高了。[9]

當然，在潛意識背後的某個地方，列昂尼德稍微想讓自己有選擇的機會，但是他知道這不可能。不可能長期生活在不同的世界。選擇是終點，而且不可改變。

兩條路都在招手，令人賞心悅目。
黃色的枯葉散落。
像收藏品一樣，我擱置了另一條。

9 羅伯特．弗羅斯特，《未走過的路》，1916年，科魯日科娃譯。（作者注釋）

雖然我當時猜到了，
這種情況不太可能返回。[10]

4

列昂尼德睜開眼睛。加泰羅尼亞明媚的陽光照亮了窗戶。他明白：「發生了一些重要的事情。是什麼呢？」一切都在迷霧中——不穩定，朦朧。他感覺——那裏，在深夜，還暗藏著一些真理。他試著回憶，但一直完美的記憶力這次卻失效了。他記得不全，好像不是現在，不在這裏，而是遙不可及的某個地方。他的目光落在床頭櫃上放著兩片藥的瓶蓋。「本來有三片——還剩兩片。所以說，我昨夜服用了一片。」他起身，從包裝中取出藥丸，將它們扔進馬桶，用水沖了下去，鬆了一口氣。好了，現在他將永遠存在於他唯一的現實中。還有……

如果某天我記起，
那是很早以前，清晨的森林。

10 羅伯特．弗羅斯特，《未走過的路》，1916年，科魯日科娃譯。（作者注釋）

畢竟，在我面前還有過另一條路，
但我決定向右轉，
我的選擇決定了餘下的一切。[11]

一切都各歸各位。難道你懷疑嗎？

11 羅伯特．弗羅斯特，《未走過的路》，1916年，科魯日科娃譯。（作者注釋）

源代碼

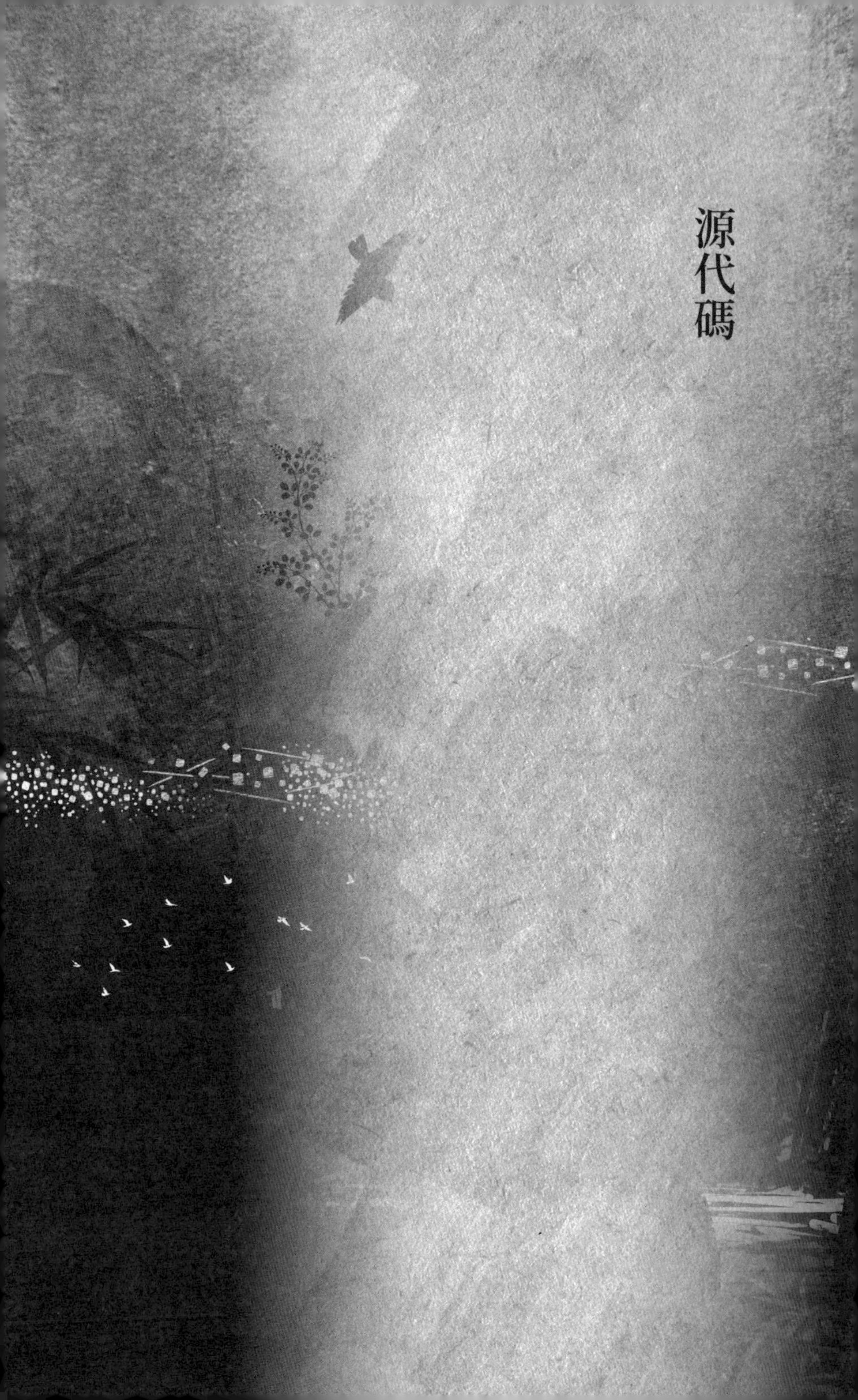

一

一個平凡的清晨，鬧鈴沒響，羅曼8點就起床了。因為是周六，不用趕著去上班。他洗了臉，在兩室公寓的小廚房裏匆匆吃了點兒東西，現在他已經準備好「大幹一場」了。

羅曼剛滿二十五歲，他是數字時代的真正產物，並且擁有相應的職業——程序員。他大學畢業已經三年了，在一家大型計算機公司工作，擔任系統管理員（系統負責人），成就卓越，甚至被稱為計算機「天才」。他以網名「羅密伊」的身份過著活躍的網絡生活，學習如何破譯計算機程序，並成為了一名資深的「電腦黑客」。在空閒時間：朋友、公司、女孩、足球、啤酒和體育。

當然，由於這種「超負荷」的生活方式，羅曼還沒有結婚，也沒有孩子，並且到目前為止他也不想結婚。同時，他很受女人的歡迎，是很多女性「狩獵」的對象……父母在市中心給他留了一套單獨的房子。父親很早以前就去世了，母親二婚後就與他分開生活了，他沒有兄弟姐妹，甚至沒有繼兄弟。不過，目前他的薪水相當不錯。

現在，羅曼面臨選擇——周六做什麼。可以去體育館，朋友們準備在那裏踢足球。幸運的是，現在外面還沒有被夏季的炎熱籠罩，正適合踢球。也可以坐在電腦旁，盡情享受。他愉快地選擇了後者，然後先瀏覽了熟悉的網站，但沒什麼有趣的東西。之後他打開另一個鏈接，緊接著又是一個鏈接。這時有人打電話給他，因為他的一個朋友很好奇，想知道他是否會加入球隊。羅曼回答：「不，我今天要休息，也許我晚點會去。」

他將智能手機放在桌子上，轉身時不小心將胳膊肘壓在了鍵盤上。然後他看向屏幕——那裏正在「下載」著一些東西。一分鐘後，一個完全未知的「窗口」出現了。羅曼試著把它打開，但沒有用。密碼似乎很長很複雜。「對著廢鐵無計可施，」他想起了童年時期就已經膾炙人口的一句俗語，並且接著說完了這句：「如果沒有其他廢鐵。」然後，他連接了他所知道的最先進的破譯軟件，開始等待。但毫無反應。不，那裏一定發生了什麼，在計算機世界中，只是沒有表現出來而已。

很快，羅曼厭倦了這些「麻煩」，他把開著的電腦丟在一邊，動身前往體育館。

他一到體育場就開始為兩支球隊「加油」，然後所有人一起去酒吧喝啤酒，之後去了夜總會。總而言之，快到淩晨12點時，羅曼終於和可愛的女孩瑪莎一起回到家中，瑪莎是法律系的學生，她通常住在大學宿舍。

他們走進一個昏暗的公寓，只有角落桌子上的電腦屏幕發出些許微弱光芒。「我們現在可以接吻」，羅曼想。現在的氣氛很適合，不過一些東西引起了他的注意，他走到桌旁，屏幕上所看到的東西非比尋常：奇怪的圖標，他完全不瞭解的語言。頁面上密密麻麻的都是文本（如果那是文本的話）。在下方，大約半行字被紅色圓框包圍。

羅曼想關閉電腦，但與生俱來的好奇心戰勝了他。「瑪莎，」他說，「瞧瞧，什麼鬼東西，真有意思，這是什麼語言？」瑪莎不僅風趣，而且是個聰明的女孩，也嘗試著提出一些建議。但都是同樣的結果。終於她想到了辦法。她說：「我們明天再弄，我的『前任』是外語系的博士研究生。我們明天請他過來，看看他有什麼建議。現在，忘記它，你可以……享用我。」他們倆對這個決定都很滿意，並且在剩下的夜晚時光，經歷了一場狂風暴雨的「友好」性生活。

瑪莎履行了諾言，晚上她與尼古拉一起來了。他原來是個瘦高的「書呆子」。一切都符合標準形象：長長的、散亂的髮絲，眼鏡，自行車。他充滿智慧，但這回他也感到困惑。他終於開口：「這是一種古老的語言，看起來像阿卡德語[1]的變體。不過，我不是專家。如果你不介意，我明天帶一位專家過來。準備好啤酒。」

第二天來了兩個「書呆子」：科利亞和薩沙。他們看起來像雙胞胎，用奇怪的行話交談，但是喝起啤酒來就像普通人一樣——很多。「這是阿卡德語的某種變體，古巴比倫時期的方言，」薩沙最後總結道。「但比它更古老，而且古老得多。我可以嘗試解密，儘管可能只是一部分。明天晚上，我將放有程序軟件的移動硬盤帶來。」

但這時瑪莎打斷：「那個紅色框中的詞或句子是什麼？」她問。「也許是諸如『小心』或『注意』之類的話？」「這是一個有趣的假設，」薩沙說。「在解密時，我將嘗試使用此假設的兩個版本，以補充現

1 阿卡德語，又名亞甲語或亞迦底語，是古代美索不達米亞地區使用的一種亞非語系閃族語言。

有程序。好吧，就跟羅塞塔石碑[2]差不多。你們知道嗎？1799年，在埃及羅塞塔市離亞歷山大港不遠的地方，人們發現了一塊石板，上面刻有相同內容的三種不同語言的文字，其中一種是古埃及的象形文字，第二種是古希臘語。由於古希臘語是眾所周知的，因此對這些文字進行比較就可以解密古埃及的象形文字。這塊羅塞塔石碑現在在大英博物館裏。」

他們喝完啤酒後就散了，儘管科利亞嘗試留下來。「我不會打擾你們的，」他口齒不清地喃喃說。「這樣會更有趣。」但是瑪莎堅決反對。她說：「不，就按之前的決定，你趕緊回宿舍吧。」當然，她留了下來並展示了她的「高超技術」。羅曼甚至推測聯合科學研究會大大增加了年輕女孩的性活動。

早上他們再次奔波起來：他去上班，她去大學，但是到了晚上，所有人又聚在一起。薩沙連接上移動硬盤，下載了翻譯程序，並以紅色框內的單詞變體作為附加信息。電腦思考了一個小時，然後給出了翻譯選項。選項不止一個，具體取決於源文本中單詞之間的間距。薩沙對此進行了解釋。但無論如何，最主要的是內容。頁面頂部顯示出了「源代碼」，然後出現了一連串毫無意義的字母和數字。

羅曼注意到這些有點像程序，問道：「古巴比倫時期的人類在演算過程中使用什麼樣的數字系統？」

2 羅塞塔石碑（英語：Rosetta Stone，又譯為羅塞達碑），是一塊製作於公元前196年的花崗閃長岩石碑，原本只是一塊刻有古埃及法老托勒密五世詔書的石碑，但由於這塊石碑同時刻有同一段內容的三種不同語言版本，使得近代的考古學家得以有機會對照各語言版本的內容後，解讀出已經失傳千餘年的埃及象形文之意義與結構，成為今日研究古埃及歷史的重要里程碑。

「好像是六十進制[3]，」薩沙不確定地回答道。「我們可以為現代編程語言創建翻譯程序，」羅曼提議並單擊了紅色框中的一個單詞。大量的數據已經被打開了。「大約三千萬個字符，」羅曼想。不過，在紅框內最開始和之後再次出現的那個較長的語句，程序將其翻譯為「小心，清除」。

然後他們坐下來喝酒，吃了點兒東西，現在喝著更加烈性的飲料。第三杯之後，他們開始了激烈的討論。「我將創建一個轉換器程序並弄清楚它是什麼，」羅曼說。「不用，」本土哲學家薩沙急躁起來，「這就是使用阿卡德語的古代方言製作的程序，你們明不明白？」它大概五千多歲了。也許這是原始人類通用的語言，是世界上所有語言的始祖，人們在修建巴比塔之前就講過這種語言。聖經中傳說，甚至在大洪水[4]發生之前，全人類都是一個單一的民族，並且使用相同的語言。建造這座塔的過程中，上帝創造了新的語言，人們不再相互理解，而且四處分散，所以施工一直沒有結束。那麼這個古老的數組很可能是人類的源代碼。一碰它我們就會消失，就好像我們不曾在那兒存在過一樣。」

「什麼？來自現實世界？」瑪莎十分驚訝。

「你確定我們的世界是真實的嗎？」喝醉了的尼古拉感興趣地問道。

---

3 六十進制是以六十為基數的進位制，源於公元前三千年至公元前兩千年的蘇美人，後傳至巴比倫，流傳至今仍用作紀錄時間、角度和地理座標。

4 大洪水是世界多個民族的共同傳說，美索不達米亞、希臘、印度、中國、瑪雅等文明中，都有洪水滅世的傳說，如最早的《吉爾伽美什史詩》。猶太教《塔納赫》及基督教《舊約聖經》則記載：由於大洪水後各民族的居住地逐漸分散。

羅曼心想：「確實，從來沒有人證明過我們的宇宙不是一種計算機游戲，或許是更高級的遊戲。」這個話題非常符合他的口味，因為他是這方面的專家。他大聲說：「好吧，這不就是俄羅斯輪盤賭[5]嗎——現在，我們來試一試。」在他們繼續之前，他來到了電腦桌前。他碰了碰機器，然後……被電流電死了。計算機因短路而起火，然後是公寓，接著是房屋，最後是整個街區。火勢持續了六個小時，留下了黑色的死亡的遺迹和許多受害者。所有嘗試撲滅它的行為都是徒勞的。最終，它自然熄滅，摧毀了一切參與者和「黑客入侵」網站的所有痕迹。該程序受到可靠的保護……

二

一個平凡的清晨，鬧鈴沒響，羅曼8點就起床了。因為是周六，不用趕著去上班。他洗了臉，匆匆吃了飯，現在可以「大幹一場」了。現在他面臨選擇——周六做什麼。可以去體育館踢足球，也可以看望住在郊區的母親，或者完成上周的私人工作，但似乎沒有工作的慾望。他決定去體育場。電話響了，因為一個朋友對他的行程很感興趣。「把我加進球隊，我們一起踢球。」羅曼說，他拿著一個裝有運動器材的包

5 俄羅斯輪盤賭是一種自殺式玩命遊戲或酷刑方式，相傳源於俄羅斯。

離開了屋子。體育場很遠，他決定乘公共汽車去。在車站，羅曼看見一個女孩，很面熟。她與他朝同一個方向行駛。兩個年輕人開始聊起來了，這個女孩是一名叫瑪莎的法律系學生。「我有一種奇怪的感覺，我們好像見過，」羅曼告訴她。「你知道嗎？我也有同感，」瑪莎承認。總之，他們約好晚上在夜總會見面。

然後，羅曼踢足球，之後和朋友們喝啤酒，晚上他與瑪莎會面。他們跳舞，最後，瑪莎同意去他的公寓「喝咖啡」。

系統重新啟動……

三

這就是我們直至下一次重啟之前的「現實」中的生活。順便說一句，你確定它就是「現實」嗎？

潮起潮落

「你再次同我一起——朦朧的幻影，
早在我青春之際就已流逝……
我是否在靈感中捕捉住了你？
昔日的夢再次出現了嗎？

從幽暗，從遺忘的黑暗裏
你再次出現……哦，就讓命運安排吧！
仿佛青春時期，你的樣子令我心動。
我的靈魂再次嗅到了你的魅力。[1]」

1 約翰·沃爾夫岡·馮·歌德，《浮士德》題詞，霍洛德科夫斯基譯。（作者注釋）

天氣已經轉暖，這座繁華的海濱城市燈火輝煌，2018年4月的一個晚上，一艘白色的輪船駛進港口。

「前往馬略卡島[2]的輪渡，」維克托想。在他的前方矗立著一座奇特的拱橋，橋面被木甲板覆蓋著，從那兒只需走幾分鐘就可以到達大型購物中心「Maremagnum」，再往前就只有一望無際的地中海了。在他右後方——巴塞羅那海濱聳立著一座建立於1892年的紀念碑，用以紀念美洲大陸的發現，這一發現距今已有四百年歷史了，它的頂部是一個巨大的哥倫布銅像，俯視著廣闊的土地，這裏也是著名的旅遊景點。八隻青銅獅子守衛著通往紀念碑的道路，鑄造的淺浮雕描繪了這一偉大發現的整個歷史——從構思到返航。紀念碑後面就是La Rambla大道了，這是加泰羅尼亞市區最熱鬧、最繁華和最喧鬧的街道。

「是的，巴塞羅那總是那麼美，特別是春天的時候，」維克托想。「大約二十年前，還有一座沿海城市也是如此美麗，但現在卻遙不可及，對他來說，幾乎是在世界的邊緣。」維克托不由自主地嘆了口氣。他並不是一個喜歡多愁善感的人，但還是會……「時間去哪兒了？真的存在這個時間嗎？」記憶逐漸變得模糊不清，它緩慢而且不斷地變化著形狀，如漫天大霧一般搖擺不定。「那裏似乎有夢，他想。中世紀西班牙的夢。好吧，就當是夢吧，不過他與瑪雅的關係在這二十年中幸存了下來。無論如何她明天會按照計劃前來，而且他們能夠一起度過兩個星期的時光。」

想到這裏，他轉過身，沿著人行道行走，熙熙攘攘的汽車在中心屹立著紀念碑的環道上形成了一個碩

2 西班牙的島嶼。

大的圓圈。現在他正走在著名的林蔭大道上，這裏就是生命沸騰的地方，多彩多姿的人群懶洋洋地沿著波狀花紋的地板移動。在街邊餐廳的兩側，人們吃吃喝喝，說著不同的語言，在攤位前積極地購買當地紀念品，街頭藝術家正在為一些志願模特作畫，他們生動的形象在那兒描繪出了一些東西——簡而言之是旅遊季節永恆的繁忙。

有必要吃點東西了，他向右轉，穿過有噴泉、古典路燈和高大棕櫚樹的皇家廣場，來到了通往市中心的哥特式街區的其中一條。他緩慢地走著，細細地打量著眾多商店的櫥窗以及形形色色的人群，大約十分鐘後，他再次左轉走向中世紀猶太區的一條小巷。現在，這裏是古董商、藝術家、珠寶商和熱愛藝術的人聚集的地方。在這條街的盡頭，你可以看到一家掛著 **Pintor**（藝術家）招牌的餐廳，他將在那裏度過一個半小時的休閒時光，吃吃飯，休息休息。維克托喜歡這些古老的場所，這裏安靜、氛圍宜人，富有自己的傳統文化和生活方式，而且有很多美味佳肴。他常常在小咖啡館和飯店的牆壁上，看到一些來自政界、體育或藝術界非常著名的美食家的照片。而現在，他已經走進屋子，坐在大廳偏遠角落裏的一張桌子前。從這兒更方便觀看周圍的世界，而且人很少，比起喧鬧的蘭布拉大道，這裏的費用明顯高一些。他點了當地啤酒和傳統的加泰羅尼亞菜，然後起身去洗手，他穿過入口處帶有一扇寬大的窗戶的走廊，匆匆瞥了一眼街道。看到的一切使他感到驚訝。維克托推開門，走到外面，環顧四周。這個世界發生了一些變化。剛剛還是夜晚，突然變成了清晨，熟悉的建築物消失了，出現了一些其他的東西。他的腳下不再是鋪滿石頭的人行道，他沿著堅硬而崎嶇不平的地面行走。街道變髒了，到處都是垃圾，排水溝的氣味撲鼻而來。周圍只有嘈雜和擁擠的人群，很多衣衫襤褸的人，有些甚至赤著腳。他仔細聆聽，他們似乎在說西班牙語，但不知何故，有些單詞他竟然聽不懂。

維克托不由自主地環顧四周，但是餐廳早已消失得無影無蹤，現在取而代之的是一家店鋪，從街上陳列的商品來看，那裏出售各種雜貨。

入口附近放著一位女傭留下的一桶水。他看著那裏⋯⋯一張大約四十五歲的陌生男人的面孔正朝著他看，這個男人一頭黑色短髮，留著鬍鬚。

然後維克托注意到自己的衣服也變了：他穿著白襯衫，外面套著短胡邦夾克[3]，披風搭在右肩上，下身穿著緊身褲，配搭一雙帶扣的軟皮淺口低跟鞋，腰間還束著寬腰帶，並且佩戴著一把短劍，頭上戴著一頂貝雷帽。「發生了什麼事？」他思考並嘗試整理自己的思緒。一方面，他清楚地記得自己的名字叫維克托，早已告別少年時代，至於頭髮，他很早之前就已經剃光了。但是擺在眼前的事實卻是：他是捷戈·桑塔馬里亞，四十五歲，是一名商人和旅行者，此刻是1537年。在某個瞬間，他回想起自己在這裏的一切：他1492年出生於一個「新基督徒」家庭，離開家鄉的成員稱他們為瑪拉諾人[4]。他的父親何塞·桑塔馬里亞接受洗禮之前叫伊扎克·哈列維，父親第一次與哥倫布海軍上將離開時，他還尚未出生。三艘船出發，

3 15世紀西班牙的一種夾克，紫色的衣領高聳，邊緣飾有白色荷葉邊。
4 信仰基督教的猶太人及其後代。（作者注釋）

只有兩艘返回，父親沒有回來。他留在了伊斯帕尼奧拉島[5]上，成為了輕快艇「聖瑪麗亞」號上犧牲的四十名船員之一。

海軍上將答應為了他們一定會回去，而且他確實回去了。但是，在第二次航行中，西班牙中隊的船隻接近了新大陸的第一個歐洲定居點，他們發現只有燒焦的建築物和幾個廢棄的墳墓，沒有人，當地印第安人什麼都沒有說，迄今為止，西班牙人在島上的命運仍然是一個謎。沒錯，與當地居民在糧食和女人的問題上發生衝突之後，一些水手得以幸存，並越過了將伊斯帕尼奧拉與古巴隔離開的逆風海峽，到達大陸。後來，該大陸以佛羅倫薩旅行家、商人、導航員和製圖師亞美利哥·韋斯普奇的名字命名，他是第一個在世界版圖上繪製這塊大陸輪廓的人。

「好吧，這完全有可能，」1537年的捷戈想。也許父親在新大陸的廣闊土地上生活了很長時間。此外，大約二十年前，移民到新大陸的西班牙人向他們的家鄉傳達了一個奇怪的信息，說某位印第安人的白人領袖托人帶回了一封信，信寫在當地某種動物的外皮上。信的內容是用地道的西班牙語寫成的，並附有拉迪諾語[6]的注釋。這封信是由一位帶刺青的印第安人轉達的，他是領袖的兒子，他也講西班牙語，信中要求將他們一家人送往巴塞羅那。但是，這封信並未送達，因為送信途中，他所乘的那艘船與全體船員一起在

5 現在的海地。（作者注釋）

6 拉迪諾語是猶太西班牙裔方言。（作者注釋）

暴風雨中消逝了，最後是另一艘船的加泰羅尼亞水手向他們傳來了這一消息。父親離開海上，給懷孕的妻子留下了一些錢。此外，父親的哥哥巴魯克經常幫助他們，他1492年離開了西班牙，但他委托商船上的人將少量物品從普羅旺斯，之後從意大利轉交給了他們。因此，母親獨自一人撫養兒子，並給他提供了良好的教育環境。他二十一歲那年踏入商業，從事商貿工作已有二十四年。因此，直到現在，他還沒有成家。

捷戈在事業上取得了巨大的成就，此外，他在商貿事業中擁有一個重大優勢。在其他國家，他總是可以依靠當地的塞法迪猶太人，在猶太人當中他們對「新基督徒」頗為寬容，並且毫無理由地認為洗禮是強迫性的——不算是真正背叛猶太教。許多猶太社區甚至公認一種制度，洗禮後的一百年內，瑪拉諾人所有直系後裔返回猶太教不需要皈依猶太教程序[7]。「好吧，從表面上看，他是一位忠實的基督徒。但還有什麼呢？神聖的宗教裁判所沒有打盹。不過，一百年還沒有過去，還有時間反思……」西班牙商人捷戈．桑塔馬里亞這樣想。他想起了一切，恢復了所有的意識，頓時感覺周圍的世界變得親切起來了。

但奇怪的是，與此同時，維克托也生活在他的體內，而且他也想起了自己的一切，包括最小的細節。而這兩種人格、兩個不同的人由於某種原因完全沒有互相干擾。

捷戈想：「今天我有很重要的事情，有人要把我介紹給領主多洛絲。」她是寡婦，她的丈夫幾年前在殖民地去世了，沒有孩子，據說她漂亮、富裕，也來自「新基督徒」，毋庸置疑的是，她來自摩里斯科人

7 皈依猶太教或改宗猶太教是非猶太人向猶太教轉變的儀式。（作者注釋）

秘界

家族[8]，出身於格拉納達。他瞥了一眼太陽（這裏沒有手錶），加快了腳步。

在另一個時空，瑪雅坐在一面大鏡子前，仔細看著鏡子中她的樣子。「畢竟，已經五十多歲了。」飲食、運動、高級香水和化妝品以及21世紀的醫學成就——所有的一切都為她所用。瑪雅在等待與維克托的新會面，因此對自己的形象特別注意，甚至是挑剔。長達二十年的相識以及炙熱的愛情將他們繫在一起。沒錯，他們很少見面，但是他們的感情並沒有減少，每次新的約會都會比前一次更加幸福。

就像現在……手機躺在鏡子旁邊，可能他很快就會打電話來，但目前為止還沒有。她向後靠在舒適的椅子上，放鬆下來，不由自主地閉上了眼睛。然後從一扇敞開的窗戶射來一束奇特的亮光，她睜開了雙眼……已經早上了嗎？剛剛不還是晚上嗎？周圍的環境完全變了。對面的牆上掛著一面帶花紋相框的、奇怪的、畫面略微不真實的小鏡子，瑪雅看著它。她看到的一切使她萬分震驚——那是一個陌生的、非常美麗的黑髮女人，比她年輕得多。突然間，她在這個時代的名字自然而然地出現在記憶中——多洛絲，她想起了所有的一切，想起了她在這個時代的生活，也包括一些不願提及的事情。

她來自摩里斯科人家族，格拉納達摩爾人，1502年天主教雙王頒布法令後信仰基督教，根據該法令，阿拉貢人和卡斯蒂利亞王國的所有穆斯林都有義務採用基督教信仰或離開西班牙。

最初，他們全家人由祖母佐拉亞率領搬到了摩洛哥，但隨後她的父母返回並成為「新基督徒」，因為

8 摩里斯科人是一支信奉基督教的安達盧斯穆斯林及其後裔。（作者注釋）

他們不願離開祖先居住了七百多年的國家。「他們已經不在了。願主原諒他們對信仰的背棄。」多洛絲思索了片刻。事實上，瑪雅也莫名其妙地置身於她體內的某個地方，但她的舉止安靜而且隱秘。她打量著自己：襯衫、緊身胸衣、可拆卸的寬袖子、收腰的長喇叭底裙、錦緞的領子和紅色對襟無扣的外套，戴著項鍊，繫著繡花皮帶，手中還拿著一把顏色鮮亮的扇子。「優雅的著裝。哦，對了，今天她與成功的商人捷戈·桑塔馬里亞有一個重要的約會。有人會在教堂祈禱後介紹他們認識。所有認識的人都說這是一個值得托付終身的人。他們兩家曾經有生意往來，有傳言說甚至還有浪漫史。至於之後發生了什麼，誰知道呢？讓我們拭目以待……」

多洛絲披上一條白色的蕾絲披風，在一個年長女人的陪伴下，她走出了房間。

他們相見，然後如同人們默認的規則和傳統一樣，他們一見鍾情，六個月後成為了夫妻。

獨立的成年人——他們主宰自己的命運。他們舉行了一場簡單的婚禮，只有朋友和遠方的親戚在場，沒有近親。新郎給了新娘幾枚金幣，這是習俗，然後他們開始一起生活在自己的房子裏。

捷戈打理著自己的生意，繼續處理貿易事務，但已不再像以前那麼繁忙，因為他關切而且體貼的妻子在家裏等著他。多洛絲經營著這個家庭，在結婚後的頭五年裏給他生了三個孩子：兩個男孩——費爾南多和路易斯，一個女孩——勞拉。儘管捷戈和多洛絲的性格急躁，但他們幸福地生活在愛與和諧裏。這是西班牙的黃金時代（Siglo de Oro），是該國歷史上文化、政治和金融的最高熱潮期，也是哈布斯堡王朝的神聖羅馬皇帝查理五世的統治時期。

同一世紀，不久之後，塞萬提斯、洛佩．德．維加、埃爾．格列柯和許多其他作家、詩人、藝術家誕生並創造了世界上最偉大的藝術，他們帶給西班牙的光輝甚至超過國王和統帥。不幸的是，即使在查理五世的兒子腓力二世的統治下，該國也開始衰落，因為軍隊和國家機構巨額支出，以及對權利、階級、地方和宗教少數派的壓制，驅逐摩爾人和猶太人離開該國，統治者和貴族之間奢侈和腐敗現象也極為猖獗。

捷戈在婚後第一次工作旅行中訪問了威尼斯，在那裏他拜訪了巴魯克叔叔——父親的哥哥。那時他已經九十二歲了，但他仍然保持著敏銳的目光和清晰的思維。在漫長和充實的生活中，巴魯克經歷了很多事情，包括往返於絲綢之路——連接東亞和地中海的商隊大路，他曾在西班牙、普羅旺斯、意大利居住過，最後定居在威尼斯共和國，受到所有人的尊敬，很有威望。

「所以說，你娶了來自格拉納達的佐拉亞的孫女多洛絲？」他問捷戈。「真是太神奇了，我認識他們多年了，我很愛她的祖母，而現在你也……這也許就是命運，是每一代人都無法逃避的。我覺得你會受到考驗，但這也是不可避免的。人類的愛情在悲傷和歡樂中都有許多不同的色調。」然後捷戈回到了西班牙，當然，他們再也沒有見過面。

就這樣二十年幸福的生活過去了。孩子們早已長大，男孩們已經有自己的工作，開始嘗試向女孩子們求婚。他們的貿易事業一帆風順，整個家庭都受到鄰居、朋友和商業夥伴的尊重。當然，他們變老了，但在彼此的眼中並沒有變化。

「我的太陽！」直到現在，她都這樣叫他。「親愛的！」他每天都對她說，並且一直都這樣稱呼她，沒有其他。但有時，在晚上，生活在他們之間的維克托和瑪雅在彼此之間用另一種語言相互交談著現代的事情，並且他們的疑慮撼動了這兩顆靈魂。

1557年4月，捷戈的靈魂中有一些東西開始顫動起來。維克托從潛意識深處對他輕聲耳語。捷戈聽到了他內心的聲音：「你現在和我二十年前一樣大。」準確地說不是聽見，而是感覺到。意識消失了片刻，然後再次閃現……

維克托睜開眼睛，起初什麼都不明白。「我在哪裏？」服務員站在桌面，端著托盤。「尊貴的客人，您剛剛睡著了，我把訂單推遲了一些，」他靜靜地說。「我睡了很久嗎？」維克托問，然後看了看他的手錶。「差不多二十分鐘。」意識慢慢地全部恢復了。「所以那是一個夢？二十分鐘過了二十年？」

「我們進入夢鄉，彷彿
踏入魔幻世界。
哦，好像帶著我們前進，
穿過森林和薄霧，
跨越沙漠，和群山。[9]」

9 約翰·沃爾夫岡·馮·歌德，《浮士德》，霍洛德科夫斯基譯／第一部分／第二十一場，沃普爾吉斯之夜。（作者注釋）

——他想起了歌德不朽的詩句。

然後他吃完飯，結完賬就走了。和往常一樣，這是 2018 年的街道。維克托從夾克口袋裏掏出手機，撥通了瑪雅的電話。

「嗨，我的太陽。」他聽到一個甜美的聲音。「你把我叫醒了。我做了一個奇怪的夢。長達二十年之久。」

「怎麼回事，你也是嗎？多洛絲是你嗎？」

「不，我的太陽，」電話那邊回答。「多洛絲留在那兒了，現在我是瑪雅。而你，你是誰？」

「也許是維克托吧，」他憂鬱地回答，看著一家大型珠寶店櫥窗裏的自己，幾乎沒有變化。

「是的，」瑪雅繼續說道，「我有一個甜美的夢，在那裏我們一起已經有二十年了。也許那不是夢？」

「親愛的，我在等你，」維克托只能這樣回答。「時間很快，我們只有兩個星期。」

第二天，他去機場接瑪雅。當然，同齡時期的她看上去比多洛絲年輕得多，但她卻悲傷而且沉默寡言。他們散了會兒步，去餐廳裏坐了會兒，然後上床睡覺，她以一種熟悉的方式壓在他身上。

「你全都記得嗎？」他輕聲在她的耳邊問道。「是的，」她回答，「整整二十年。」然後她沉默了片刻，問：「但是我們的孩子呢：費爾南多、路易斯、勞拉？我無法想像他們已經不見了四百多年。」

「不要傷心，親愛的，」維克托回答。「你不明白嗎？這個世界上的所有事物都是同時存在的，我們是，他們也是。時間線只有一條，我們只是瞭解事件的因果關係，我們無法理解事物的真實本質，但我相信事實就是如此。因此，我們不會嘗試證明某些東西，只是相信它。我們不是第一個注意到生活中奇怪現象的人。否則，哈姆雷特也不會說：

「就像奇迹一樣，您只能接受它們，
赫瑞修，世界上有很多東西
是您的哲學從未涉足過的。[10]」

「那麼這些也會發生嗎？」瑪雅問。維克托回答說：「誰知道，一切皆有可能。」帶著這樣的想法，他合上了眼睛，思考著：「我要回去，在那個既定的時間裏延續這段神奇的生活。」然後進入了夢鄉⋯⋯

10 莎士比亞，《哈姆雷特》，帕斯捷爾納克譯，第五場。（作者注釋）

「松鼠」和「箭」

「所以，事實的確如此。」帕維爾若有所思地看著一隻沉重的、底部厚實的矮玻璃杯。他只倒了一點兒威士忌，卻加了很多冰。這正好可以讓他集中精力思考。還有一些事情要考慮。看來他終於跨越了某種漫長的人生邊界。

十五分鐘前，有人打來電話。

「帕維爾．尼古拉耶維奇？」一個嘶啞低沉的男性聲音，仿佛煙嗓或者感冒了。

「是我。」

「阿莉賓娜．彼得羅夫娜讓我轉告你她出國了，不再回來了。」

「你是誰？」

「我是她的同事，我現在在機場給你打電話。」

帕維爾什麼也沒說，通話結束了。

「也就是說松鼠走了。」不知為何，他完全沒有懷疑收到的信息是否真實。她與這個世界的戰爭結束了，和他的戰爭也畫上了句號，同時也包括他們之間不同尋常的關係。

他們在二十二年前相識。帕維爾成為新部門負責人時，立即注意到一個高個子的金髮女孩。她的名字叫阿莉賓娜，但所有人都叫她松鼠。首先，因為她的眼尾上翹，也就是所謂的吊眼梢，這讓她看起來十分迷人；其次，那只被稱為「松鼠」的著名蘇聯太空犬跟她同名，真名也叫阿莉賓娜。

松鼠已經結婚了，而他也非單身，但他們還是莫名其妙地發生了關係。也許是興趣相投。兩個月後，當他們在郊區汽車旅館一間小房裏狹窄的床上緊緊擁抱在一起傾訴「心聲」時，他們意識到：的確，他們有共同的興趣。

「這種感覺不會持續很長時間，」松鼠說。「我只是好奇而已，新鮮感很快就會過去，瞧，我已經開始厭煩他了。」

「誰？」帕維爾很迷惑。

「還有誰？我丈夫，」她回答。「做完就睡了，怎麼？我不是人嗎？不能聊一會兒嗎？」

帕維爾認為他們這種關係不會持續太長時間，但事實證明完全不是這樣。他們之間出於某種奇怪的好奇心和無法控制的性愛而聯繫在一起。

「你就是我的地線，」他曾經對她說。「我通過你才能放電。」

「指不定誰通過誰呢？」松鼠也說出了心裏話。

順便說一句，她給他起了個綽號。松鼠第一個開始叫他帕夏[1]（重音在最後一個音節上）。可能因為他無法遏止地「領導」他人的願望；這個暱稱很快就生根發芽了，即使現在，他的同事和下屬在背後也這樣叫他。

1 帕夏是奧斯曼帝國行政系統裏的高級官員，通常是總督、將軍及高官。帕夏是敬語，相當於英國的「Lord」，是埃及殖民時期地位最高的官銜。

先前的經驗告訴帕維爾，不可避免的厭膩期大約會在六個月內到來，蘇聯解體了，形勢的變化極大地影響了他們的關係。

「我要走了，」她曾經對他說。「為了那些少得可憐的工資在辦公室裏庸碌一生？我要去做生意，自己賺錢。」

然後，她走了，先是開了一家小縫紉店，然後又開了一家小賣部，那些「改革」時期的普通百姓稱它為「卡馬克」。

她開始擁有大筆錢，而他們的約會越來越少。

後來他也離開了。顯然，在同一地方沒有什麼可「撈」的，他獨自一人在一個陌生的新世界裏徘徊。但他們棲身於不同領域，業務沒有共同的交匯點。帕維爾沒有丟下工程學，也沒有換專業。所以，現在他自己負責一切。這並不意味很容易，那段時間充滿了艱苦，而且通常都是危險的工作，但兩年後，第一個成功出現了。

現在，他們再次開始頻繁地見面，基本上都是在松鼠的公寓裏，她的丈夫在生意「時代」之前就消失了。

冒險的生活莫名其妙地增加了雙方的性慾。

「聽著，帕夏，」她在深夜，狂風暴雨般的擁抱中問他。「為什麼不加入我的事業？利潤很豐厚，只是銀行貸款對我們的業務來說太貴了。我需要『方便快捷』的資金，而你，或許有短期的自由資金。我們可以一起賺錢。」

「錢不是我一個人的，」帕維爾顧慮重重地回答。「有什麼保證？」

「什麼意思？」松鼠生氣了。「那我們的關係算什麼？沒有愛嗎？」

帕維爾想道：「可能真的沒有，」而她也明白了一切。

「好吧，我保證——車間、商店、庫存。」

看到他猶豫，她補充說：

「別擔心，帕夏，每個周期內，收集到的資金的使用不會超過三個月。我做事，你出錢，利潤一分為二。」

現在他們共同承擔風險，更加頻繁地約會，激情上升到了天堂。帕維爾試著向自己解釋這種現象，但沒什麼結果。不過，他無意間與外匯投機商科利亞分享了自己的想法，他的第一專業是心理學和精神病學。

「你怎麼不明白？」知識淵博的科利亞在第五杯之後說。「簡而言之，在組織了一項共同的業務後，你們倆在有限的資源下分別佔據了同一生態位。」

「也就是說，根據生物學定律，你們之間的競爭在增加，而這種競爭在性關係方面表現為征服性，即征服伴侶的慾望。明白了嗎？」

「不是特別明白，」帕維爾同樣「含糊」地對他說。「但合作怎麼解釋，共同利益？」

這時科利亞含蓄地說：

「純正的共棲現象[2]是罕見的。」他正經地說：「最常見的情況是退化為共生或寄生。」

「那你為什麼不繼續從事醫學研究呢？」帕維爾替他感到可惜。「畢竟是科學界的候選人……」

「靠什麼生活？」科利亞邪惡地回答。「拿什麼養孩子？還有一堆女人，列娜、季娜，還有卡佳，所以還是從事外匯投機的事業比較好。而你，」他冷靜下來說，「幾乎是理想的選擇：你們一起賺錢。努力做愛——這是出於對結果的恐懼。」

他思考了一會，笑了：

「因為恐懼做愛，這個說法聽起來怎麼樣？」

他們在這兒停了下來，因為酒瓶已經空了。

一段時間以來，一切都進展得很順利，但隨後1998年8月，危機襲來，一切都變了。最不幸的是，事發前一周帕維爾匯給松鼠的一大筆錢也不知去向。

他已經被認為是一個相當成功的商人，引起了各界的關注，擁有自己的安全系統，至於她的貿易業務，松鼠從來沒告訴過他細節。

這個數目接近臨界值，帕維爾嘗試說些什麼。他們坐在河邊的一家露天咖啡館裏。

他說：「你保證過。更詳細地說，我們來確定一下損失的真實大小，根據可能性將其劃分，並實施一

2 夥伴之間的密切互惠關係。（作者注釋）

些現實可行的方案。必須採取緊急措施，否則可能會造成災難性後果。」

松鼠回答：「帕夏，這些後果已經出現了。我不會向你解釋任何事情，但請相信我，一切都無濟於事。而且我不會出售財產，因為已經沒有了。最近事情並不像我跟你說的那樣發展，忘了我。」

她起身離開。

帕維爾並沒有留她，他回到工作崗位，指示他的安全部門解決問題。

兩天後，會議上他對局勢進行了詳細的分析，他不僅為此受難，而且在不久的將來，許多債權人將對當初的擔保提出控訴。事實也證明，去年，松鼠在玩一個非常冒險的遊戲，以高利率向小商販放貸，並把過期的無牌藥品帶回國。總的來說，這又是一個故事。

他們試著繼續跟松鼠溝通，但是幾天後，安全部門的負責人報告情況已經發生了重大變化：一群強壯的年輕人在貿易公司辦公室附近遇見了他們，並宣布阿莉賓娜·彼得羅夫娜和她的生意受到了他們的保護，「贊助商」變了，從那刻起，除了他們，她不虧欠任何人。局勢急劇升級——空氣中充滿了戰爭的味道，經歷過「風雨」的安全負責人非常擔心。

帕維爾覺得，這種情況完實在是荒謬至極。「這什麼意思？連說都不能說？畢竟……」他感到很受傷。他說：「繼續聯繫。他們不能以這樣的態度對待我們。」

安全負責人回答：「好。」但他的表情變得更加陰沉。

兩天後會迎來一次代號為「箭」的會面。

「戰士」警告說：「她只會在我們的陪同下面談。讓主要負責人過來。」

會議將在21號輸電塔支座附近的空曠區舉行。

「交易對手」說：「這數字真好，21點[3]。」

前一天，安全負責人來找帕維爾。

他說：「帕維爾·尼古拉耶維奇，我強烈建議你在見面之前穿防彈衣。對了，還有一件事——那裏三百米外有一棟十二層的建築。我們必須在『箭』到達之前檢查屋頂。」

「什麼？」帕維爾很驚訝。「你覺得松鼠會在房頂安置狙擊手？怎麼可能！」

「完全可能。」直覺告訴我，很可能會出現這種情況。

在指定的日子，他們給帕維爾拿來一件沉重的防彈衣，襯衫和夾克比他平時穿的五十號大了兩倍。他把背心貼身穿上，接著套上衣服，然後立即感覺像一個滿滿的衣櫃。

天氣很暖和，帕維爾很快就出汗了。他們準時抵達了會議地點。來了兩輛談判的車，首先出來的是兩個大個子，然後是松鼠，最後是兩名保安人員。

四周一片田園風光——一個巨大的、綠色的開闊空間。這些茂密的草地上綻放著一簇簇紅色的罌粟花。耀眼的陽光普照著大地，燕子在藍天中翱翔。真想永遠看著這如畫的風景，然而，空氣中彌漫著危險的味

3 一種紙牌遊戲。

道。所有的人都保持沉默，最後帕維爾鼓足勇氣說道：

「我想和阿莉賓娜談談。」

其中一位回答：「帕維爾·尼古拉耶維奇。」「你現在與阿莉賓娜·彼得羅夫娜還有什麼可談。她把名下的所有財產都轉讓給我們了，以換取保護，防止受到債權人的傷害。現在她在我們的支持下，繼續領導一家貿易公司，但是她已經在為我們賺錢了。」

「夥計們，」帕維爾說。「你們不明白。一個欺騙過親信的人以後還會有第二次欺騙。」

另一人說：「不，你不明白。我們瞭解你們過去的關係，但現在一切都變了，你必須考慮到這一點。」

帕維爾朝松鼠的方向看去，希望能捕捉住她的目光，但她沉默不語，低著頭，沒有朝他的方向看。這時，警衛隊長的手機響了，那會兒手機的體積還很大。他接完電話，看了一眼帕維爾，並且微微地點了點頭。這意味著松鼠的確將她的狙擊手安置在屋頂，但帕夏的後衛將他處理掉了。

帕維爾感到鮮血撲面而來。「這怎麼可能，多年的交往和……竟然在屋頂上安置殺手。」

他湊向談判者的耳朵，悄悄地說：

「順便說一下，我們的人已經在屋頂上了，所以不要亂說話。」

談判者退縮了，開始緊張起來。所有人安靜下來，然後迅速分開。

過後，安全負責人說：「我的人偷偷地爬上了屋頂，已經悄無聲息地拿下了狙擊手。他只是在「腳架」

上安裝了步槍。SVD[4]——不錯的武器，它已經在我們手上了。我們正確計算出：從這樣的距離，他不會朝頭部開槍——瞄不準的可能性太高，只會打中身體某個部位，而我們穿了防彈衣。」

安全部門的負責人得意地看著帕維爾。

「狙擊手是誰？」已經對任何事情都不再感到驚訝的帕維爾問道。

「一名已經退伍的軍人，說女兒手術需要錢。順便問一句，怎麼處理？殺死或交給警察？」

「記錄他提供的所有數據，然後放了他，」帕維爾說。「他還沒動手，或許不用受懲罰。」

「哦？」安全負責人搖了搖頭，但他不再反駁。

第二天，失敗的殺手向帕維爾求助。

他說：「我沒有其他人可以求助。」

「雇主呢？」帕維爾問。

「他們也將因為失敗而『負重』，」這位退伍的狙擊手回答，然後他補充：「實際上，我也需要看到信號燈才能開槍，所以你不用為此感到煩惱。」

「雇主裏有女人嗎？」

退伍的狙擊手回答：「不，沒有女人，只有光頭的男人。」

4 德拉古諾夫狙擊步槍。（作者注釋）

「好吧，至少我們是幸運的。」帕維爾鬆了口氣，出乎意料的是，他自己拿出了一筆可觀的費用，以支付一名不幸殺手的女兒的手術費用。

從那以後，那位退伍軍人就開始與他合作。不僅僅是工作——現在也是他最信任的人。他最近還清了債務，儘管帕維爾拒絕了，但他不想白拿。

步槍在帕維爾家裏。然後，他們費了九牛二虎之力才使它合法化並進行了註冊。現在是個人博物館的展覽物，是對過去的回憶。

想法再次轉向阿莉賓娜。情況真的很危險，不得不撤退。帕維爾動用了所有可用的資源，找了所有忠誠的朋友，他們相信他並給予了幫助，特別是之前提到的那位精神病醫生科利亞。現在他叫尼古拉．伊萬諾維奇——一家大型房地產貿易公司的所有者，擁有貨幣兌換點。僅五年時間，帕維爾就完全擺脫了困境。至於松鼠，六個月後，她與她的私人司機一起消失了，並且捲走了大量的錢幣，而且是別人的錢。但她會理所應當地認為那些錢都是她的。那是她的一貫作風。

她的「靠山」尋找她，苦苦搜尋未果，然後便放棄了。而帕維爾甚至沒有找她。他終於明白整個故事都是一種報應。是對自利、虛偽、罪惡思想和行為的懲罰。他得出了這樣的結論，並開始新的生活。

三年後，從莫斯科寄來一封信，沒有寄信人的地址。信封中裝著一張印滿字的紙，詳細說明了競爭對手雇用「專家」謀殺帕維爾的「命令」。這封信的末尾寫著：「這是我能為你做的最後一件事。」

一切都應驗了，帕維爾再次贊同，他與松鼠之間已互不相欠。畢竟，生命的可貴豈是用金錢可以比擬的。

幾年後，命運把他帶到了松鼠以前的司機那裏，他對帕維爾說了很多。事實證明，她並沒有改變，在「灰色」房地產市場中發揮了重要作用，有時還在這個灰色市場贏得一席之地，並且取得了顯著的成就。但最後，競爭對手「擠壓」她，她開始了戰爭，輸了，所以現在——又跑了。這位以前的司機先是當警衛，然後是助手，然後是情人，但沒有成為親人。

「她愛你，」他悲傷地告訴帕維爾。「她為一生都沒有大聲說出來而感到遺憾。」

「是的，」帕維爾想，「她從來沒大聲說出來過……總是做生意和做愛。每個人都有自己的選擇。」

他喝完威士忌，又加了些。冰塊還沒有完全融化，讓舌頭變冷的感覺很舒服。帕維爾看著窗外。太陽落山了，但路燈還沒點亮。

內心有些折磨。他坐在桌旁，拿出一支筆和一張白紙。一行行字（詩句）不知不覺地落在紙上：

許多不同的命運一閃而過，
擁有過、擁有或者將擁有，總之，都一樣，
保持清醒，清晰的認識，
同時拋開對過去的懷疑。

不，這是無可爭議的：擁有過、擁有或者將擁有？

不同的電荷總會相遇。
每個女人的愛都不同，
仇恨和幸福有時在一起。
我們變得與眾不同，生活改變了一切。
相遇，離別——不，不足為奇。
不要評價我們的分離，
通往平靜的途徑只有一條——消除感情。

他突然想到：「對了，這就是解決方案！」
帕維爾·尼古拉耶維奇喜歡詩歌，但在此之前，他從未寫過詩歌。第二天早晨，他讀了這首偶然創作的詩，並決定以後不再作詩。

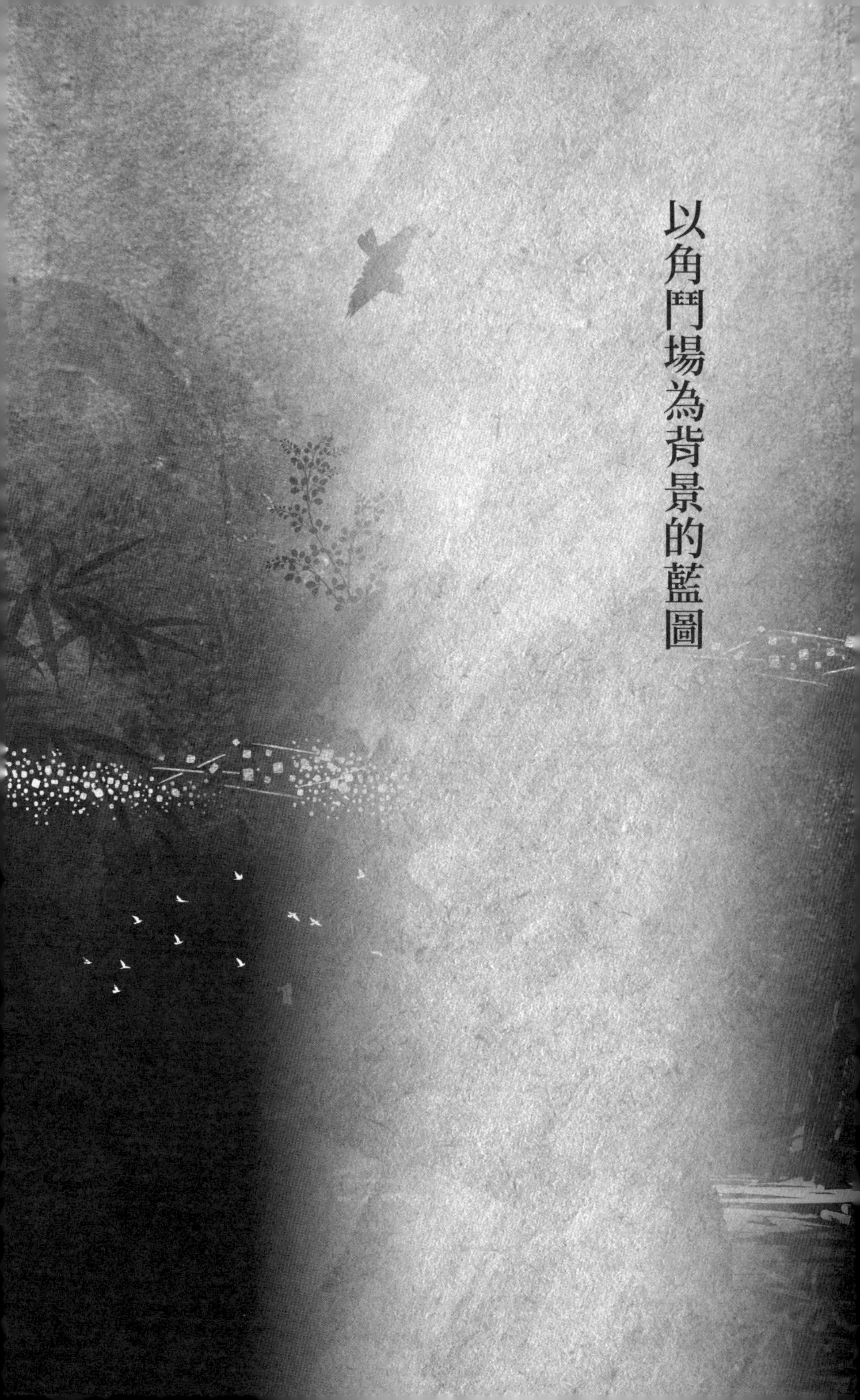

以角鬥場為背景的藍圖

一聲巨響，一個健壯的小夥子倒在冰上，差點兒沒把我壓死，當時我還是一個十一歲的小男孩。他躺在那兒，渾沌的目光中掠過一絲困惑，一分半鐘後他才緩過勁來。「哇哦，謝苗尼奇打到了他！」和我同齡的人不斷叫喊，他們已經變成了觀眾和粉絲。我們的隊形變得歪歪扭扭，但沒有斷開。「深呼吸！」又一個人退出了戰鬥，他慢慢清醒過來，瘋狂地喘著粗氣。與此同時，謝苗尼奇走向比他高大和壯實兩倍的頭領。日常生活中，頭領是裝載工人的領班，但現在他並沒有那麼神氣，他揮出一拳——沒打中，又打了一次——還是沒打中。矮個子謝苗尼奇瘋狂回擊，就像朝目標射擊一樣。他左一拳，右一拳，然後鎖住頭領的頭部越過胳膊攻擊他的腹部。最後，巨人頭領晃了晃腦袋，毅然倒坐在冰上。周圍所有人都高聲歡呼。這是我第一次看拳擊比賽。

我們住在阿斯特拉罕。夏天很難在那兒生活，我的父母是老師，他們利用這個長假帶著我和我的弟弟一起去更適合生活的地方。有時是家鄉——敖德薩，有時是克里米亞或高加索的度假城市。有一點毋庸置疑——都有一片大海。整個夏天，我跑步、游泳、享受日光浴，我整個生活中都毫不吝嗇地利用著這些身體條件。為此，謝謝你們，我親愛的父母。說到這兒，我不能不想起一個有趣的故事。

1963年，我通過了敖德薩通訊技術學院的第一門考試——數學筆試。我們——應屆畢業生走進教室，坐在課桌旁。黑板上寫著各種各樣的題目，但仍然用白紙蓋著。現在，它們將被打開，我需要正確解答我眼前的。坐在我後面的人也要解答這些題目。所有的感覺都被加深了，我能看到一切，聽到一切，感受到一切，就好像通過擴大器或放大鏡一樣。透過開著的窗戶可以看到茂密的植被。聽到非常清晰和響亮的聲音：「在海邊，蔚藍的海洋，海鷗在浩瀚的大海上喧鬧……」——某人的錄音機。

我坐的那張桌子上，用墨水寫著：「春天過去了，夏天已來臨——感謝蘇共。」我在最緊張的時刻，抽出一支筆，補充道：「夏天過得很好——親愛的父母，謝謝。」「你在寫什麼？」當值老師呵斥我。「什麼意思，只能留下對蘇共的謝意？」我很生氣。但此時，已經開始公布題目了。我甚至沒有時間害怕，我掃了一眼，立刻解決了我試題中的四個問題，這是全部的題目。但這時，來了兩名高年級的學生，不知為何挪動了黑板。現在擺在我面前的是另一道題，而我已經在腦海中解答出來了。如果解答不出來，我會很慚愧。畢竟，我的父母——數學家——從五歲起就在家中為將來的數學天才做準備。我畢業於一所數學學校，曾獲得阿斯特拉罕和該地區的數學奧林匹克競賽冠軍，1963 年獲得了全聯盟物理學和數學奧林匹克競賽的冠軍。也就是說，我對基礎數學非常瞭解。唯一尷尬的是，我不太喜歡它，但我還是勉強接受了，雖然這不是我的志向。

我做完第一道題，然後第二道，為了轉移注意力，我接著做第三道，然後為了放鬆——第四道。我做完了所有的題目並且全部都通過了，用時大約一個半小時。正因為這種高傲自大的態度，我很難通過第二次考試——數學口試。監考老師們並不想讓我通過考試，他們死死地盯著我，如果不是因為我年輕大膽（我要求對監考人員進行公開審查），那麼對我來說結果可能會很糟。但這是另一個故事，我們以後再說。

現在我們回到冰上。是的，夏天很難在阿斯特拉罕生活，但冬天還不錯。伏爾加河凍結了，包括它的支流——庫圖姆，卡納瓦也凍結了。那裏的冰被清理過，搭建了溜冰場。我們打冰球（當時仍然用一般的球）、滑冰等，一直到晚上。

那兒還安排了拳鬥——兩支隊伍對打。這被認為是一種英勇。成年人、結實的男人、強壯的年輕人都參與其中。他們準備了很長時間。人們一早就聚集到這裏，大多穿著短皮大衣、氈靴，帶著年輕女孩、新娘和妻子。他們脫下短外套，頂著寒冷喝下酒盅或杯子裏的酒。首先開場的是少年。這被認為是一種榮譽，甚至安排了排位賽。我也參加了，兩次打中了「頭目」[1]。但沒有受到高度讚揚——畢竟太瘦了。

接著進場的是成年人。他們先交談幾句，然後相互挑逗、推搡，發動攻擊，最後慢慢進入戰鬥。他們沒有戴手套的、赤裸裸的拳頭徹底揮舞起來了。「冷兵器」[2]是被禁止的。他們懶得閃躲，一直戰鬥直至流血，他們沒再碰倒下的人，但有時可能會不小心踩到。他們奮戰，直到一隊將另一隊推出比賽區域為止。之後，他們在冰洞裏清洗血漬，將之前脫下的衣服重新送上陡峭的肩膀，與愛人相擁，然後對酒當歌。

這就是當地的消遣，一切都如往常一樣井然有序，但不知何故，緩緩走來一個人——正是謝苗尼奇。他大約四十歲，強壯，但不高。起初，他看上去似乎並不是戰士，但事實上，他在「勞動後備軍」的體育界擔任拳擊教練。

沒人願意去跟他練習，當地小夥子認為這是愚蠢的行為。他們說：「我們就這樣，不需要拳擊，我們

---

1 煽動者，帶隊者。（作者注釋）

2 一種簡單的鐵拳套。（作者注釋）

完全有能力教訓任何人。」

因此，他決定以身作則，啟發這些信念不堅定的人。必須說，他在這方面大獲成功。沒有給對手留下任何機會，人們開始去找他學習。不到兩年，阿斯特拉罕已經在國家的拳擊場上閃閃發光。他獲得了新的地位——他們贈給他一套公寓並授予他榮譽教練的稱號。當我 1963 年離開阿斯特拉罕時，他已經是一位大師，深受尊敬。

十二歲時，我瞞著父母跑去請求將我加入他的小組。我是第一個報名的人。但是，教練卻對我持批評態度。他說：「這麼高，還這麼瘦，要是能變得壯實一點兒就可以，把醫療證明拿來，然後我們再說。」我開始參加每一次的培訓課程，最後我被錄取了。我喜歡它，我很高興我可以做這些事情。在大廳，感受它的氣息，我嘗試激發情緒，然後訓練再訓練。對於一個正在為科學之路做準備並且以書本為現實世界的男孩來說，這有點不尋常，但這確實發生了。

兩個月後，我的父母發現了這件事。起初他們很擔心，但是後來他們莫名其妙地平靜了下來。我覺得教練跟他們說了一些關於我的身體不符合標準的事情，所以他們覺得這件事很快就會過去。但事實上，沒有。

在將近一年的時間裏，我沒有被允許進行對練，但我自己努力練習，這一天終於來臨了——正如他們現在說得那樣，我有一場真正的評分戰。總共三個回合，每個回合兩分鐘。我身著藍色背心、藍色短褲和藍色球鞋，站在藍色的角落。相反，對方，我從未見過他，他穿一身紅。鑼響了，前進並進入戰鬥。我贏了，而且意想不到的是，輕鬆又迅速地贏了，我第一次贏得了拳鬥比賽，現在依然記憶猶新。沒有人支持我，沒有人為我加油，也沒有地方可以退縮。這就是拳擊台——用繩索和欄杆圍起來的四角形，是生活的真實象徵，是一場鬥爭。然後我明白了一部分真理：如果你想贏得戰鬥——燒毀橋梁，消除退縮的可能性。許多年過去了，我明白了另一部分真理：如果你想贏得戰鬥——保留橋梁，如果需要的話，退縮。但在實現最終目標方面不可退步。

最初的成功衝昏了我的頭腦。我用三年時間達到了第一個青年級別的標準，並在同齡人中大放光彩，直到有一天，我遇到了一位非常強大的拳擊手。這讓我真正清醒過來，然後我開始更加認真地對待拳擊。但是隨後出現了其他問題。生活不會停止腳步。除了拳擊，還有學業、女孩、書籍、朋友，需要為大學錄取做準備，一切都必須在同一時間完成，我竭盡全力做了一切我能做的。那時，我感到生活在崎嶇的路上奔跑，我的目標是一顆遙不可及的恆星。但這顆遙遠的恆星的光芒開始溫暖我。現在，越來越暖。

進入學院——打開了我拳擊生涯的新階段。通訊學院的體育館位於前路德會教堂的所在地，一座高大的教堂。拳擊手在一個角落訓練，角力士在另一個角落，中間是體操運動員和雜技演員。角力士們開始向我們挑釁。他們都是健壯的男人，而我們「笨手笨腳」。但每個人都有足夠的自尊心。我們互相挑戰，現在看起來就像沒有規則的戰鬥。起初，角力士戴著手套，但我們應付自如。然後他們脫下了手套，不給我們留任何餘地。我們也脫下手套，一切都在不知不覺中保持著平衡。我們通過這樣的自由搏鬥完成訓練。城裏興起一種新的風俗習慣——我們的同齡人、學生成了觀眾。這是一項容易受傷的娛樂活動：要麼把鼻子打得流血，要麼用力扭耳朵。不知何故共青團委員會要求我向他們解釋一下我的品貌和行為。多虧了教練員的證明，我才逃過一劫。我英勇地代表學院參加比賽，提高了蘇維埃體育的威望（所有內容完全依照證明書）。而且在共青團委員會有很多可愛的女孩，我經常去那裏。他們已經不知道該如何擺脫我。在那段難忘的時間裏，我們更像是一群游手好閒的浪子。

我在敖德薩學習，我的父母住在辛菲羅波爾。完全自由：努力學習或者游手好閒完全取決於你自己——不過你也應對結果負責。當然有風險，但對生活很有用。學院，午餐，體育館，閱覽室，聚會——每天如此。周末——拳擊台開放。我們不是為錢，而是為榮譽和食物戰鬥。參與者——獲得優惠券，它們包括——免費的酸奶油、黃油。想像一下我吃了多少。仿佛把一輩子的都吃了。總之，現在我已經不想再吃了。

發生了很多有趣的事情。交了很多朋友，曾與同齡人打架，也與同齡人和非同齡人發生了一些羅曼史。所有這一切都以拳擊台為背景。

順便說一句，我們之後在收音機和電視上聽到的那些希望擁有非傳統生活風格的藝術家、作家以及任何對傳統不抱幻想的人，當時都住在敖德薩，那時他們還很小。

學生們的錢老是不夠花，他們盡一切可能賺錢。當然，父母會寄錢，只是因為他們的生活方式使得他們總是缺錢。我也不例外。

在貨運站裝卸貨車，在釀酒廠拖放成品，在劇院和電影製片廠當群演，為函授生撰寫學年論文並幫他們通過考試，給各種各樣的二流子上中數課，甚至幫他們參加奧林匹克競賽——這可不是我這段時期的所有功績。

那時，我第一次讀19世紀西班牙語題詞的翻譯。

如果一個男人：
十五歲，沒有真正的朋友，
到了二十，沒有女人，
三十，沒有債務，
四十，沒有地位，
五十，沒有錢，
那麼他此生必定碌碌無為，
而且——像一個大懶漢。[3]

3 曼努埃爾·德爾·帕拉西奧的諷刺短詩（1832-1906）。（作者注釋）

我那時就讀完了，但現在——直到整個時間序列都過去了才意識到。的確如此：「沒有什麼新事物是永恆的。[4]」

總有一天，一切都會結束，屆時學院也會畢業。之後——入伍。作為一個完全理性的年輕人，我曾在學院裏思考我是否會在未來某個時刻想起這段時間裏的所有美好。我想：「不可能。混亂，永遠缺錢，雜亂無序和非系統化——從任何角度來看，這都不是什麼美好的事情。」但我錯了。現在想不起那些事了，能記起的不是貧窮和混亂，而是青春和健康，新鮮感和新奇感，成就的喜悅和對未來美好的期待。

入伍給我的體育生活帶來了很多新鮮事。首先，軍隊中的年輕軍官（我在學院軍事系畢業後擔任軍官）過著極其不運動的生活。其次，有必要參加比賽。其實，那裏有跟你一樣的人，所以機會均等。第三，軍官沒有練習拳擊，他們保重身體。在軍隊中——這是士兵的運動。我是國家駐防部隊中唯一的軍官，只接受了少量訓練，但借鑒往日的經驗，在適當的時候，我擊敗了各種笨拙的人。

我參加敖德薩軍事區的冠軍賽時，我成功贏得了三場比賽，但在決賽中我遇到了一位非常強大的對手——來自敖德薩的老朋友。

他和我一樣在學院學習，不過在另一個沒有軍事部門的學院學習。因此，他不是以軍官身份參軍，而是以士兵的身份參軍，並立即加入了體育中隊，不斷地進行訓練，戒酒——一般來說，這正是訓練有素的

4 《聖經．傳道書》，1章9至10節。（作者注釋）

運動員所需要的。

在敖德薩，我們的個人評分相同，他贏一場，我贏一場，但是現在情況有所不同：他顯然準備得更好。我不想輸，戰鬥是嚴酷和頑強的。我們在拳擊台中間碰面，忘記防禦，只是互相攻擊直至摔倒。先倒下一個，爬起來，接著另一個，就這樣一直到最後。

好吧，他贏了。戰鬥結束後，我的朋友坐在評審團裏問道：「有私人恩怨？看看你在這兒組織了什麼樣的血戰？」我回答：「不，只是沒人願意屈服而已。」

順便說一句，在敖德薩，我們的運動以及跟運動有關係的項目中存在一種相當殘酷的習俗。如果拳擊手不同意裁判的決定，他可以在比賽後的同一天，在更衣室挑戰對手，進行第二次搏擊。方形的檯子被矮的長凳圍著，沒有休息時間，他們一直戰鬥直至倒下。拒絕是不可能的，拒絕就是丟臉。我參加過兩次這樣的戰鬥，完全不願回想。青春是殘酷的、堅定的……美麗的。但是，在那場戰鬥之後，我的腦海裏甚至不會浮現這種想法——我已盡全力了。

那就是我拳擊生涯終結的開始。儘管我在軍隊中和之後的軍隊中又接受了三年的訓練，但是很顯然，我生命的這一部分已經過去了。

二十六歲時，我很痛心地翻過了人生的這一頁。不過，我沒有停止運動。我現在仍然這樣做，而且遠遠超過所需。但現在的時間已不再屬於它，是時候從事其他愛好了，所以我單獨寫下了這些事情。

拳擊呢？拳擊扮演了一個特別的角色。沒有它，我的生活會是另一番景象。也許更好，但有所不同。

我最喜歡的作家之一魯德亞德．吉卜林曾經說過：

兩件偉大的事物，又彷佛是一件：
首先是愛，其次是戰爭，
但是戰爭的結局是不斷流血——
來吧，讓我們談談愛！

戰爭的時代已經過去，這是愛的時刻。
那時我這樣認為。
但，我錯了——主要的戰鬥仍在前方。

秘界

我和概率

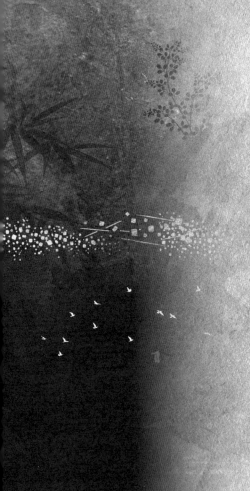

根據古典概率定義，事件的概率指：被測試事件中所包含成功事件的個數與概率論中互補且互斥事件總數的比例。正如人們說得那樣，除了找出真相，你別無選擇，然而你們知道嗎？生活中有時會出現奇怪的規律。

我記得那是1958年，當時我十二歲。那會兒刮起了一陣新社會之風，被人們稱為「赫魯曉夫解凍期」。說來也怪，這甚至涉及到了數學領域。一時間，國家急需一批科學領域的專家，這些科學正是不久前被稱作「帝國主義出賣靈魂的女孩[1]」的學科。這些學科包括控制論、遺傳學、概率論……依照慣例，新時代到來後，那些曾經對該領域感興趣的人成了專家。

父親是阿斯特拉罕師範學院數學系的負責人，他之前研讀過理論力學、微分學和積分學以及類似的非政治學科，因此他突然被指派去準備和教授概率論課程。這是空前的自由思想，他在一次家宴上無意間提到，說他甚至有點兒困惑。不過，這對他來說並不困難。他從小就是敖德薩的天才兒童，也就是說，這個孩子天生具有數學能力，甚至擁有現成的知識。

但這一切都出乎意料。畢竟，在此之前，所有人對概率論都是指責和謾罵，而現在他卻要向學生們傳授這一學科。如果一切突然間回到原點，那麼又該誰來承擔責任？

而且，這個時候他也無法逃避，因為數學組成員中，大多數經過認證並且遵循社會主義思想的人，都無法超越蘇聯共產黨（布爾什維克）短期課程和教育部批准的大學教科書的水平。

1 對蘇聯時期被禁止的科學課程的稱呼。

總有人會受苦。總的來說，這個想法困擾父親挺長一段時間，但他是個謹慎的人，他將其扔在一邊，然後著手準備授課的事情。

黨委會對他說：「格里戈里·馬爾科維奇，概率論已經在敵對的意識形態中存在了很長時間了，需要同社會主義理論和實踐明確地聯繫起來。」

開端還不錯。

父親牢牢記住了意識形態爭執圍繞著唯物主義的基礎，更準確地說，在概率論和隨機過程論中缺乏這種以唯物主義為基礎的爭執，父親決定首先通過實驗驗證物質世界中概率客觀存在的可能性。

可供實驗的地方很小。父親走出家裏的辦公室，然後四處張望，發現了我，一個十二歲的孩子，正坐在窗邊，拿著一本書，他這時做出了一個負責的決定。

他宣布：「兒子，我們現在面臨確認或者駁斥數學理論的問題。」我什麼都不懂，但不管怎樣，我還是選擇了沉默不語。爸爸遞給我五戈比說：「去外面的空地，將這枚硬幣拋一百次。如果存在概率，那麼正反面的掉落次數將大致相同。」「那如果不存在呢？」我膽怯地問。「那你再拋一百次，它肯定會出現，」父親安慰我。

老實說，我並不想扔硬幣，但為了趕緊結束，我還是選擇了開始，結果四十八比五十二。「好，」我父親讚許道。「再來一百次。」但這時我突然停下來了，開始思考很多其他的事情，比如功課還沒做完，還得去找朋友問問俄語作業是什麼，這時，父親意識到得讓我對此產生興趣才行。他曾經在敖德薩市摩爾達維亞地區的大街上長大，顯然他記起了一些東西。

父親說：「聽著，我們來打個賭。你押正面，我押反面。如果你贏了，我會給你盧布，如果輸了，你就再扔一百次。」

這個提議引起了我濃厚的興趣。那時候盧布相當值錢。

我開始投擲……然後輸了得分。大概是四十比六十。

「怎麼會這樣！」父親很驚訝，「哪兒有概率？……你繼續拋吧。」

但後來情況變得更糟了。不過爸爸是位名副其實的科學家，他突然想出一個主意。「這樣吧，」他說，「我們不押正反面了，就像工作一樣，無論如何我都付給你盧布。」我又扔了一百次，結果概率復活般地立即顯現出來了。

那時父親得出了定律。「對，」他說，「概率在隨機過程中表現為規律性，但是，兒子，你莫名其妙地降低了你成功事件的概率。你真不走運。」

我必須說，在賭博的遊戲裏，我總是不走運。我很不幸，那時我甚至認為：我不應該與同齡人一起玩「賭錢」類的遊戲。

一切都已經結束了，但父親居然總結出了一個結論，那叫什麼結論！他是怎麼說的，「兒子，不要指望運氣，永遠不要。制定目標，付諸行動，使它們的結論超出概率評估的範圍。然後一切都會好起來的。」

事實證明，他是對的，已經過去了五十年，我依舊這樣做。而且你們懂的——這的確很有幫助。

伏爾加河

直升機微微顫抖，駕駛艙裏充斥著刺骨的冷空氣。我望著模糊的小窗，下方是無垠的伏爾加河，有的地方閃爍著白色的光芒，有的地方——一片湛藍。1976年3月，凍結的河面才剛剛開始融化。邊緣處仍然是冰，但是急流已經衝開了冰面。這就是伏爾加河口，寬三公里。陸地低矮，被水淹蓋。再往前一點，它分解成無數支流，流向裏海。但這裏，在阿斯特拉罕下方，現在：發冷，暗白，結冰，寒冷。冬天已經過去了，但春天還沒到——過渡期。

這次出差已經一個月了，最近一個星期我都沒離開過直升機。我們三個人置身於這架有六個座位的「風車」中：飛行員、OKC[1]訂購商的員工，還有我——設計院的代表。我們正在探索穿越這條浩瀚的俄羅斯河流的天然氣管道和通訊電纜的基準線，目前正處於籌備階段，還沒有選定。

這次公幹從遠在千里之外的格羅茲尼開始。我在「高加索天然氣運輸」遇到了各種設計問題，並被困在那裏。那個遙遠的年代跟現在一樣，出差的經費受到嚴格限制。因此，我根本無法離開。為了不再增派更多專家，等我超負荷之後才會有第二個。最後的任務很艱巨，也是最根本的。最大的問題是——如何穿越伏爾加河。當局在電話中安慰我，說選擇基準線是初步工作，然後勘探者會繼續下一步。而這時正好一架直升機被分配給了客戶，即六座MI-2，如果錯過這種機會，我一定會很遺憾。

畢竟，如果不是乘飛機直達阿斯特拉罕而是通過中轉，那會花費很長時間。我去了當地的格羅茲尼當局。「有什麼問題？！」當局說。「正好郵電工作人員要去那邊，你可以搭他們的順風車。」

1 基本建設部。（作者注釋）

郵電工作人員認真謹慎，對探險很熟悉，預備了一輛帶車廂的大型汽車 GAZ-66。我沒什麼可準備的，只帶了一個公文包。一小時後，我們出發了。我們不得不在冰封的草原上行駛一千多公里，那裏一望無際，杳無人煙。但沒有人灰心。順便說一句，整個團隊都是第一次朝這個方向前進。瞭解了這一點之後，我想起了我在軍隊裏學到的技能，為了保險起見，以局部地區為目標，並借助一本通常隨身攜帶的小型地圖集和一個學校指南針發現方位角和方向。

我們行駛了很長時間，到了晚上，終於到了一個完全荒涼的地方，一個濕滑、結冰的空曠地帶，周圍什麼都沒有。沒有任何事物可以進入視野。

這時，隊友有些沮喪。去哪裏？正好我的指南針派上用場了。我真心希望我們沒有處在任何磁異常的範圍內，我成了領隊。「去那裏。」我的手指向東北，說道，然後我們又上車離開了。

很快，天就黑了。投票後，我們決定吃點東西增加體力並在此過夜。他們把爐子生上火，拿出「上帝所賜」的一些東西，最後，最有價值的東西：裝有水解酒精的罐子。罐子裏以前裝過汽油，難聞的氣味仍然存在，裝上水解酒精後，刺鼻的氣味依然沒有消失。

我們準備在車廂地板上的睡袋裏休息，但睡覺之前，因生理原因需要外出。我打開後門，沿著焊接到汽車上的短金屬樓梯下到地面。

天氣完全超越自然。想像一下：無盡的平原覆蓋著薄薄的積雪。觸手可及的、快速飛行的雲朵，暗淡的彎月。冷風呼嘯而過，一幅幻影般的畫面。我立刻感受到了一些奇怪的聲音在風中縈繞，一遍又一遍。

彷彿有人在隨風而歌。在我身後是一個燈火通明的小室，我透過黑暗看向那裏，好像有一些發光的紅點。我眯起眼睛，仔細看了一下。車子周圍坐著幾隻大狗，牠們閃閃發光的眼睛默默地看著我。有時，其中一隻抬起頭，發出長長的悲鳴聲，接著是另一隻，然後其他的。

「狼，」我過了一會兒才反應過來。「是狼嗎？」我腦子一片空白，然後迅速後退，猛烈地敲門。

「有狼，」我告訴正在談笑的團隊。「在哪兒？」四周一片黯淡，所有人貼向後門的小窗。狼繼續靜靜地坐在汽車旁，偶爾聽到寒風的呼嘯聲。

「該怎麼辦？如何擺脫險境？」現在每個人都在想。司機想起：「我們有槍。」一位郵電工作人員回答：「什麼槍？那把已被拆卸的 TOZ-8 運動步槍和十顆小口徑的子彈？」

儘管如此，「還是把它拿過來吧，」我說。「它在駕駛室裏，」司機坦率地說。我告訴他：「從天窗爬到頂部，然後從那裏迅速進入駕駛室。」

「被吃掉怎麼辦？」司機反對。

「你覺得牠們喜歡你這樣的？」我回答。「瘦骨如柴，一身酒氣。狼不吃這樣的人。」

我們打開天窗，受到我的話語的啟發，駕駛員真的爬上了車頂，迅速滑入駕駛室，爬出時交給了我一個裝有可拆卸步槍的箱子。所有的狼不約而同地迅速向汽車移動，再次坐下。顯然，由於飢餓，牠們準備吃掉醉酒的司機。

接下來的動作讓人想起西部影片裏搶劫四輪驛車的一幕。我站在車頂，沒有戴帽子，一頭長髮隨風飄揚，從箱子裏拿出一支步槍，開始組裝。狼再次挪開了些。我將彈藥筒插入槍管（是單發步槍），用一隻手將它高高舉起，然後思考了一下，向空中射擊。

槍聲不大，但有趣的是，狼迅速站起來，一個接一個地緩緩退縮到黑暗中，完全消失在我們的視野裏，但牠們可能正從附近的山丘上看著我們。

在兩位同伴的掩護下，我們一個接一個按順序跑到我們所需的地方，他們一個拿著步槍，另一個拿著砍木頭的小斧頭，我們爬上車，在一個相當冷的車廂裏過夜。

早上，團隊動身了，4點我們出發前往伏爾加河岸。有一個小細節——在一天中的某個時刻，其中一名郵電工作人員突然間有些憂鬱地說：「順便說一句，這把『射擊工具』幫不了我們什麼。我以前在山上獵殺過狼，即使距離很近，12口徑的扎坎槍彈也不會立即將牠們打倒。更何況我們的小子彈，牠完全感覺不到。此外，狼不止一隻，你根本沒有時間裝子彈。」

「你之前怎麼不說？」我很生氣。「難道讓牠咬死我們中的某一個？」

「擔心沒有任何意義，出路依然不會出現，越過牠反而成功了。」

「是的，」我想，「最主要的是要相信自己和你的武器。這樣狼就不可怕了，綿羊將毫髮無損。」

我回過神來，那已經是兩個星期前的事了，而現在我們在空中，在一條無垠的大河上方。我再次看著窗外：直升機向下順著水流移動。發動機均勻的轉動著，突然……停了。接著是一片沉靜，靜得連一根針掉地上都能聽見。然後，一切都在一瞬間爆發。我透過窗戶抬起頭，看到螺旋槳的葉片在氣流中緩慢旋轉。

直升機急速俯衝，我屏住呼吸。飛行員瘋狂地抓住了把手，將其拉向自己。墜落減慢了，但是現在機身開始繞著螺旋槳旋轉。同時，我們繼續迅速下降。高度在離地面約四百米處，更確切地說是在水面上方，但飛行員沒有放開方向盤，如果我沒有猜錯，他正在嘗試讓直升機達到水平速度。這將減緩跌落，並使我們遠離巨河的急流。當時，非常奇怪的是，我突然回想起一篇有關飛機事故的文章，那裏提到，即使在相對較緩和的緊急著陸下，通常還是會因為設備和裝置從安裝架上掉落而造成嚴重傷害。考慮到這一點，我越過眼前的水流打開了座椅旁的門。直升機沒有撞到石頭，而是迅速衝向水流，我被扔了出去，從那扇門飛出去約十五米。我被震得發昏，我試著站起來，令我驚訝的是，站起來了。水面正好在我的下顎。直升機幾乎完全被淹沒了，只剩螺旋槳（缺少一個刀片）和駕駛室的上部還露在外面。飛行員仍然在盡一切辦法滑行，我們沿著河流進入一個淺河口。

空氣溫度大約為零度，水像粥一樣濃稠和黏糊。我沒有感到寒冷，我什麼都感覺不到，但我機械般地朝那架墜落的直升機走去，走得相當艱辛。我當時穿著西裝，和大衣。它們都濕了，纏在我身上，我費好大勁才能移動雙腿。機組人員坐在駕駛艙中，還活著，但受到了驚嚇並且受傷了。後來我們發現，飛行員的胳膊骨折了，OKC 訂購商的員工鎖骨折斷了。也不知他們是怎麼克服困難的，無論如何他們互相攙扶著走出了機艙，我們緩緩向岸上移動。得走大約三百米，但最終我們到達了。走上陸地後，我發現我們站在一條不成形的路上，就像鄉間小路一樣。瑟瑟寒風呼嘯而過，兩邊都看不到任何東西，我們站在原地，不知所措。

突然我聽到了發動機的聲音，一開始很小聲，然後越來越大。路上，一輛 GAZ-51 卡車顛簸著行駛過來。就像電影裏的經典畫面一樣，我們牽著手，擋住了道路。汽車停了下來，司機困惑地凝視，問道：「你們是誰，從哪兒來的？」我已無力回答，我朝著河口揮了揮手，那裏還可以看見墜落的直升機的螺旋槳。我的兩位同伴受傷了，所以擠進了駕駛艙。我沒有爬進去。從這裏到主要天然氣管道的壓縮機站只有二十公里。我坐在卡車的後車廂內，將肩膀靠在木板上，幾乎虛脫。我們行駛了大約三十分鐘，但感覺過了很久。

壓縮氣體供應站到了。我試著起身，但失敗了。原來，我的身體跟金屬的車身凍在一起了，兩人將我從金屬層上放了下來。然後，一切都像在做夢。急救站的醫護人員為我們包紮，裹上夾板，然後繼續把我們帶到其他地方治療。

他們沒有在我身上找到明顯的傷痕，壓縮氣體供應站的負責人跟我年齡差不多，一位鬍子拉碴的壯漢，他決定和我一起去澡堂。他們帶來了家釀酒、小吃。我們喝了一杯，蒸洗了一會兒，又喝了一杯，然後我睡了十八個小時。從這番混亂中醒來的時候，我發現自己跟往常一樣，安然無恙。我甚至都沒有流鼻涕，只是聲音完全消失了。我甚至連悄悄話都說不了，還好我帶了一個筆記本，在上面寫我想說的一切。衣服已經乾了，但不能穿了。他們從倉庫給我拿來士兵的襯衣，還有曾經是白色但現在已經變得髒兮兮的軍用熟羊皮短襖。所有這一切讓我感到自己就像偉大衛國戰爭中的一名坦克兵。

直升機被拖了出來並且運走了，我得到了可以自由安排的空間時間，我決定去阿斯特拉罕拜訪老朋友。

我六歲起就住在阿斯特拉罕，在那裏讀完了高中，直到 1963 年才離開。那兒也是我的故鄉。但是，十三年過去了，那裏會變成什麼樣子？

一輛服務車將我送到市中心，晚上來接我。我沿著街道，來到了我最好的校友尤拉家。他的母親打開門問：「你找誰？」她沒認出我。的確，我好幾天都沒有刮鬍子，而且衣衫襤褸。我拿出一個筆記本，寫道：「是我，鮑里斯，鮑里斯·芬克爾斯坦。」她難以置信地看著我：「鮑里斯，是你嗎？你從哪兒回來的？監禁滿期返還？」在阿斯特拉罕，許多人來自那裏，甚至沒有任何人感到驚訝。我校友裏有一半人的父親都在監獄裏。尤拉的父親是一名克格勃軍官，他對監禁非常瞭解，但這並不是因為他在監獄中，而是因為他把人們關進了監獄。

「不，」我再次寫道，「我感冒了。」一小時後，尤拉來了。我們共進午餐，他談了很多他的生活，而我卻保持沉默，只是匆忙地在紙上寫下想說的話。每個人都有事做。認識的男孩們學習和工作，女孩們已結婚生子，而我則乘坐直升機跌落並得以幸存。每個人在這個概率世界中都有自己的命運。

五天後的一個晚上，我回到了家，一個月後，我的聲音終於恢復了。跌跌撞撞的生活再次走上正軌。每次回想起這些事情，我依然認為，「沒有什麼新事物是永恆的。[2]」

弗里德里希·尼采曾寫道：「一切不會使我們滅亡的東西都會讓我們變得更強大。」

還剩下什麼？我們將與其一同生活。

2《聖經·傳道書》。（作者注釋）

點A和點B之間

以最快的速度在最短的時間內穿過A和B之間，從而繼續活下去——這可以說是所有高山運動的含義：高山旅遊、登山、攀岩、滑雪。

想想，為什麼不是生活的哲學？我認為完全可以這樣理解。但實際上，有時結果不完全如此，或者更確切地說是並非如此。那些走直線道路的人不常獲得成功，而且從何處獲得這些道路？另外，和誰一起走，團隊中有些什麼人，誰會反對，誰會支持？

大約三十年前的冬天，我作為登山小組中的一員參加了一次沿高加索山脈的訓練之旅。我們共有五人，這次旅行計劃進行四至五天，然後返回。距離白雪皚皚的群山還有四十公里——兩天的路程。我們帶著重物緩慢地、疲累地走了三天。問題是，沒有人強迫我們，是什麼促使我們獨自冒險？原因是我們有很多精力，沒有地方可以釋放，我們想測試一下我們的能力。

我們穿越了幾個平行的峽谷。用了很長時間才爬上去，然後花費很長時間再走下來——一直這樣很多次。不得不說，下來的時候甚至更難。每個爬過一次高山的人都知道這一點。

在接下來的山口，我們其中一人環顧四周，發現峽谷的整個相對坡度都在運動。巨大的積雪衝向我們。「雪崩！」他大喊，我們迅速跑開，我們背著沉重的背包往上跑，完全沒有時間把它們拿下來。我們來到了峽谷的邊緣，不約而同地從下一個峽谷的側面衝到了淺石窟——它的後壁擋住了雪崩。團隊進入了密叢；那一刻，一道巨大的雪瀑布隆隆地飛過我們，飛越了山頂，在幾秒內堵住了我們所在的避難所，不留一絲縫隙，就像在地下一樣完全黑暗。

我們等了幾分鐘，取出鏟子，開始小心翼翼地把堵在洞口的雪挖出來——幸運的是，積雪並沒有緊緊堆積，因為它們落到山下了。

一個半小時後，我們在大約七米厚的積雪上鑽了一個狹窄的洞，然後爬了出去。

眼前的一切使我們極為震驚。地形發生了根本變化，一切都被厚厚的雪覆蓋著，峽谷變得不再那麼深。但最重要的是，並非所有的雪都落到了山下——在山洞、岩石和其他一些山勢險峻的地方任然懸掛著積雪。積雪隨時可能落下，並再次發生雪崩。因此我們做出決定：丟棄我們的背包，在口袋裏放一些H3[1]，穿上滑板，然後嘗試在一天之內到達基地。完全可能——破曉時分剛過。我們做到了。

我們飛馳，然後側身越過，爬上山，再下山！六小時後，我們筋疲力盡。顯然，我們不用在「寒冷」中過夜。

我們違反了基本規則——吃了備用食物，然後再次前進。最後一次攀登（基地在山上）時，我們連滑雪板也扔了，不過我們到達了——在這短暫的一天中的最後一分鐘內趕到了。

你們認為在這種情況下最難的是什麼？不是疾跑，不是精神過度緊張，也不是物資匱乏，這些都不是。最難的事情是彙報那些被埋在山上某處的「國有財產」。我們要自己從微薄的工資中支付所有這一切，他們讓我們盡最大努力，硬著頭皮寫了許多解釋，然後他們表示反對，上訴，最終在我們同意為丟失的東

1 緊急備用品：香腸、巧克力、火柴等。（作者注釋）

西付款後，他們才平靜下來。我記得當時我是設計學院小組的負責人，每月收入一百七十盧布，每天工作十二個小時。

因此，我必須在下個季節到臨之前匯出一些錢，而且我的家人也需要生活。我們曾經互相交談過，我們當中的一個人說：「幸好他們沒派直升機來搜尋我們，否則我們將不得不支付更多錢，我們可能一生都不會賺到這麼多錢。」

但這並沒有阻止我們的熱情。第二年，我們再次回到山上。我們沒有躺在沙發上，守著電視機看那些褪色的社會主義、現實主義電影，而是盡情地暢飲伏特加酒。對我們來說這並不有趣，我們只是聚在一起談論了群山。顯然，一些無意間參與討論的人認為我們不太正常。

二十年後，在我的國外工作的官方資料中，我在「缺點」一欄中讀到了這句話：「沉迷於組織非正式團體參加冬季聯合運動。」

所以畢竟，那個混蛋寫下了真相，確實是「沉迷」。另一個事實是，那個時候，獲得這種評價的人，去「監獄」工作都不行。

蘇共解散後，這份文件連同登記卡和其他個人檔案一起寄給了我。

但是，我被允許出國。由於這樣的差評價，我被允許進入一些非常不安全的國家，在那裏人們很容易死於瘧疾或黃熱病。

秘界

不過，我們更廣泛地看事情。人生中有很多點A和點B，我們每個人都知道我們的起點A，幸運的是，我們不知道終點B，但是在它們中間還有很多點。每個目標都是A和B；每個路徑也是A和B；以及每次的相聚也是這樣。

我們都是學校教科書上的行人，離開了A點，然後一直走，一直走……

是的，「道路就是生活」。這不是我第一次這樣說，我是真的這麼認為的。但是有些人原地不動，他們坐著、躺著，他們相信這樣一來，B點會延期到達，這是一個錯誤：如果你不去B點，那麼它自己會向你移動，有時會比原本的速度更快。

因此，儘管有時會出現不同的生活狀況，但還是要繼續往前走，而且力爭上進。

這些事之後，整整一年，我們都在期待下一個季節的到來——1980年1月。現在，已經12月了，我們買了票，組織了團隊，家人早已經習慣了我們這種不在家的想法，我們經常夢到未來的冒險。

等一下，部門發出緊急電報：出席部務會議，內容主要是：因工業事故導致兩人死亡的問題。

那裏的情況是這樣的：我是建設現場的監工，其中包括帶有內置車庫的工業場所。施工一直都很正常，但有一天，不是那麼順利，一輛汽車的司機在車庫裏跟一個他喜歡的女人約會——一位工作同事。眾所周知，在蘇聯，「沒有性生活」，但他們的所作所為可以有所不同。車庫裏很冷，為了溫暖自己，他打開了引擎。因此他們倆都死於廢氣，既沒有時間關閉發動機，也沒有給房間通風。

我知道這個案子，但是我認為不會涉及到我，這是私事。

事實證明，這種情況仍然牽扯到我，甚至給我帶來了比預期更多的麻煩！事故發生在工作時間，有人應該因兩名共產主義建設者的死亡而受到懲罰。他們是主任和該項目的總工程師，也就是我。

「他們會被送進監獄，肯定會坐牢，」吸煙室裏的本土鑒賞家低聲說。

主任此時拿出了一份醫療證明，他們在十分鐘內決定讓我去覆命。第二天我去了部門。這個問題將在部務會議快結束的時候才討論，因此我在門外等了兩個小時。但他們這樣喊我。

「你是誰？」部長問（他很有威信）。

「項目總工程師，」我回答。

「主任呢？」

「病了？」

「那就可以不來了？」

「我不知道，」然後我脫口而出。可以看出，受到緊張感的影響。我沒有謙虛地回答。我相當含糊地說，「我不是主任的守衛。」

我們的部長以他的「聰明才智」聞名，但這會兒他毫無保留地好奇地看著我。「所以你是替他來的？」他問。此時此刻，我完全無語，只點了點頭。「好，我們開始吧。」他扯著嗓子喊道，然後我們開始了。

接到勞動保護部門代表的報告之後，我終於知道了他們為什麼指責我。施工規範和規則中提到，在生產車庫的場所中，隨著對健康有害的氣體濃度的增加，應觸發傳感器和自動通風系統，使房間排氣……總的來說，差不多類似意思的一段很長的指責的話。

在我們的項目中有通風系統，但是它需要手動打開。這意味著因為違反建築規範帶來了嚴重後果。是的，項目主任也要對此負責。但是其他相關的人就不會被追究責任。「他們能以這樣的罪名將我判入獄多少年？」我靜靜地問我們部長旁邊的律師。「五年，如果幸運的話，」他冷漠地回答。律師是專業人士，他並不為我感到難過。局勢正在升溫。我悄悄地要求提供施工規範和規則，然後一線希望閃耀在我面前。該規範並非主冊，而是後來發布的補充。我看了看添加日期，然後忐忑地打開了項目材料。

該項目三天前獲得批准。一個想法飛快地閃過：「現場監督合同尚未簽訂，我們沒有收到調整客戶項目的任務，這是客戶的職責，我們不需要為此負責。也就是說，的確存在去監獄服刑的危險，如果找不到漏洞的話，的確會進監獄。」

我冷靜下來，聽完所有發言，然後請求發言，我並沒有立即開始講本質問題，我感到驚訝的是，沒有人在我的辯護中發言，我認識很久的人們一致要求將有關我的罪行的材料轉移到檢察官辦公室，提起刑事訴訟。

我冷靜地說明了所有這些內容。部長回答說：「有趣，非常有趣。好吧，那從本質上來說？」

「從本質上講，」這時，我提出了所有論據。「所以，這不是你的錯嗎？」部長說。「那是誰？」「寬恕別人，然後你也會得到寬恕。[2]」我高興地回答。「設施很複雜，任何東西都可能。」然後我又脫口而出：「所謂牡丹花下死，做鬼也風流。」部門成員難以抑制地笑出了聲，在當局的凶惡目光下，他們立刻安靜了下來。

「好吧，」這位部長憐憫地說道，「活著。而且，一周後就是新年。把它當作聖誕節禮物吧。而且你也不錯，」他看著有關問題的報告人。「混蛋。」

然後以一種務實的方式：「新年之後的兩周內，你需要對項目進行調整並當場監控實施情況。」

「三周可以嗎？」我膽怯地問。「怎麼，來不及嗎？」「是的，我……節日後，我會立刻動身去高加索地區，總共十天，登山、滑雪等。所以，如果我回來，那就馬上……」

「什麼叫如果回來？」部長大吼一聲，但突然停下來，堅定地說：「好，三個星期，但只有三周，我們拭目以待。」然後他轉身離開。在我看來，他害怕會大笑，然後破壞多年實踐中創造的強大形象。

我們擁入走廊，所有人再次成為朋友，他們拍拍我的肩膀，邀請我今晚洗個澡，甚至有人說：「也許休假時間陪你一起？」「不需要，」我回答。「像你們這樣的人在那裏無法生存。」我迅速在突如其來的沉默中告別，去了庫爾斯克火車站，然後從那裏回家。

之後不再有人跟我談起這件事，他們甚至沒有要我報告。沉默的陰謀圍繞著這個話題。一周後，我在

---

2 《聖經》。

高加索地區，又過了十天，我開始執行部長的任命，兩周後，我完成了任務。然後再也沒有想起過這次不愉快的事件。

B點沒有來，或者說確實來了，但它是可以通過的，日常的，不是最終的，謝天謝地。

現在我們來說說高加索地區的情況。一切照常：遠足、滑雪、一次營救行動。途中，一名登山者受傷了，我們所有成員輪流抬擔架。他躺在一個睡袋裏，繫好袋子，我們擔心他被凍住，所以我們很著急。他最終被送往特爾內奧茲的地區醫院，當時他急需O型血液。正好我是，我幾乎給他捐了兩大杯。

我們平安無事地回來了，忘記了這一幕。但事實證明——這也是一個A點。B點於一年後出現在一個非常特殊的情況下。

事情是這樣的，1980年，我的活動概況發生了變化。我被任命為經濟部門負責人，也不知為何，去那裏工作的領導沒有一個人能堅持兩個月以上。在此之前，我沒有接觸過經濟學，在學校時也沒有學過這些學科，也沒有將它們視為一個嚴謹的科目，尤其是科學。

我仍然無法想像這樣的委派。但是，只有一種選擇，也許是那次部務會議的後果，就是他們想將我送進監獄的那次。你知道，有些人真的不喜歡知道真相，還有一些人則不願意承擔義務。好吧，就像諺語中所說的：「即使是善行也可能受到懲罰。」也許他們希望我離開，這樣一來他們就可以「問心無愧」地繼續生活下去。

我很快就適應了新業務，我以前處理工程問題的能力並沒有減弱。

但麻煩的是，我沒有任何經濟教育的經驗。事情來時，有過兩次暗示。

我開始思考如何以及在何處獲得這些知識，最好是迅速獲得。我天生就是一個極端主義者，儘管我已很小心翼翼地隱藏起來了。因此，我的目光開始轉向經濟思想中心，其中最重要的當然是國立莫斯科羅蒙諾索夫大學。

1981 年夏天，我去了那裏，在蘇聯石油和天然氣工業部指派的定期出差中。門口沒有保安，我沿著經濟學院無盡的走廊徘徊了很長一段時間，凝視著各個專業和教研室的名字。一排字讓我很感興趣，上面寫著「社會生產組織和管理部門」，我覺得很親近，正好我比較熟悉生產管理。我小心翼翼地打開門，向裏看。整個大房間裏，只有一位中年人，結實的身體，一頭短短的白髮，穿著麂皮夾克。他坐在房間角落的桌子旁寫東西。「你找誰？」他和藹地問。「哦，我還不確定，」我回答並概述了我的問題。他回答：「好吧，你不需要從頭開始，直接來讀博吧。我們接受工程師，三個月後你來就讀。」他給秘書打了個電話，秘書迅速給了我必要的文件。

問題立即得到了解決，我當天回家就開始抓緊時間準備入學文件。

老實說，我已經有過一次沒考中的經歷了。

1971 年參軍後，我立即向敖德薩電工學院提交了文件，並以優異的成績通過了該專業的考試。我在軍隊中通過了考博的必修課程：哲學和英語，成績也是「優」。我寫了一篇很好的論文，並且完全確信自己會成功，但是第二天，我被教研組主任（已故父親的一位老朋友）叫了過去。

他說：「鮑里斯，回家去吧，你不可能進入這裏繼續深造的。」

「為什麼？」我很生氣。「我的一切都很好。」

「你進不來的。」他重複道。「這個地方我說了算。你去別的地方試試吧……」他轉過身，隱藏起自己的眼神。

我猜想：「應該是沒有名額了。所以才沒有錄取我！」我怒火攻心，但我控制住了自己。為了我的祖國，我經常冒著生命和健康的危險，但與此同時，我的祖國給了我很少的自由，如果在一個領域給了我一些機會，那麼在另一個領域，就會收回我的機會。

我說：「好吧，總不能在一棵樹上吊死吧。」我勉強地擠出一個微笑，離開了。回到家，沒有人問我，我也一句話都沒說。沒錯，結果是，我對研究所獲得的專業產生了明顯的反感，並根據情況自行換了新的行業。

我曾經生活、工作，成功從事過工程職業，但在這段時間裏，我從未忘記過最初的糟糕經歷。現在，我心中的傷疤有機會康復了。十年後的現在，向自己證明我可以，最後忘記那些糟糕的記憶。

文件按時提交，三個月後我去參加了考試。為了鞏固自己的地位，我身著蘇聯石油和天然氣工業部的海洋管理總局的制服，藍色的，上面鑲著錨釘，閃亮的紐扣，肩章和領章，還有星星和橫道。按照通常的海軍軍銜，我是三星的一級海軍上校，這給女孩和警察留下了深刻的印象。我還不知道這在科學領域會怎麼樣，但為什麼不試一下呢。

「啊，是你！」教研室主任在會議上說，但是在讀完調查表中的我的名字後，明顯陰沉了下來。「這是什麼制服？」他突然問。在那之後，第一次見面的每個人都在大學裏問我這樣的問題，所以我有時間回答第二個問題。第二個問題同樣很傳統。他不等第一個問題的答案就詢問了第二個問題：「告訴我，你為什麼不去莫斯科運輸工程學院？」

關於該研究所的一些模棱兩可的謠言在莫斯科四處流傳。似乎進入那裏僅取決於知識水平，不再取決於任何其他東西。這種名望使莫斯科運輸工程學院擁有數名傑出畢業生，他們從數學到經濟學，涉獵廣泛。為什麼是運輸工程師學院，運輸與該學院有什麼關係？完全是一個謎語。我不知道答案，我不寫我不知道的東西。

「不，」我堅定地回答。「我還是會來這裏深造，如果有什麼問題，那就是命運。」「好吧，」莫斯科未來的市長有些悲觀地說。「去吧。」他搖了搖頭。

事實證明一切都比我想的要複雜得多。五個地方有五十五個申請。我是唯一的工程師，其餘的通常是企業的首席經濟學家。沒有任何人對我先前通過的考試成績感興趣。這些科目十分生僻，而且考試沒有次數的限制，一直到剩五名學生為止。我去了大學圖書館，提取有關第一次考試的文獻——政治經濟學。給我的書很多，使我震驚。但是，當我開始以更快的速度閱讀它們時，事情變得更容易了。不知何故，我很容易吸收信息。顯然，負責經濟知識的大腦部分像嬰兒一樣，全新而且未充滿。使用大量紙質信息的習慣對我也有所幫助。

今天是考試的日子。局勢已接近戰鬥，這項考試邀請了社會主義經濟學的泰斗，前五個申請人沒有獲得通過，然後第六和第七個——「滿意」，我是第八個。「抽一張題目吧。」我拿了題目，但沒有交給他，因為一位考官對另一位說：「我們這樣太慢了。」然後對走廊上的人群說：「也許有人想不抽題目直接回答？」「我想要。」我很高興。「我還沒有看題目。」「好，年輕人。」然後我們開始交談。

像往常一樣，第一個問題是：「這是什麼制服？」「我知道第二個問題，」我回答。「是什麼？」考官開始感興趣。「你為什麼不去莫斯科運輸工程學院？」我回答。考官比我大二十歲：「年輕人，你仍然有必要展示出你能夠進入那裏的才華，才能使我們向你提出這個問題。」然後他問了一個關於專業的問題，然後越來越多。我們聊了大約十五分鐘。他聽了回答，當我嘗試詢問時，他微微皺了皺眉，而且我不明白他如何評價我的回答。

不得不說，由於制服的原因，我坐下時，把有金色緞帶和錨固的帽子放在了我右邊的桌子上，一個非常顯眼的物品；順便說一句，這麼多年過去了，現在只剩下帽子了。

考官看了看我那頂顯眼的帽子，然後看著我。突然他眯起眼睛，好像想起了什麼。「告訴我，」他問我，「你去過厄爾布魯士山嗎？」我回答說：「當然，我每年都去那裏，已經九年了。」「去年是1月去的？」「是的，就在新年之後。」「我記得，」考官立即回答道，「你抬著擔架，我像在夢中一樣朦朧地看到你。然後在醫院獻血時也隱約地看見。我現在行走仍然很艱難，」他看了看下方倚在他桌前的帶扶手的拐棍。我們倆都保持沉默，我有點尷尬。「也許我應該去找另一位考官？」我輕聲問。「你回答得很好，」他反對。「讓我們準備成績單吧。」他迅速打分，然後轉身離開了。直到他出去之前，我都沒有打開過成績單。「多少？」走廊上的人群猛地撲向我問道。我回答，「我現在看。」然後慢慢地把成績單翻過來。「好，」人群友好地深呼了一口氣。「老兄，你得請客。」「是的，也許我應該請你們吃飯。」我機械地回答，然後準備下一堂考試。

還有很多考試，每隔三天就是一次考試。最終，我們剩下五個人，在最後一次考試中沒有人被淘汰。在此之後，我們都聚集在這個專業的辦公室裏。主任看上去很冷酷。「夥計們，」他說，「黨委打來電話。明天資格審查委員會要來檢查。」然後他富有表情地看著我。「什麼資格審查委員會？」所有人喧嘩起來了。「而且這個詞聽起來有些含糊不清……」

但是，我們能做什麼，明天我們將迎接經濟系黨委會的到來。

我想：「如果非這樣不可的話，那我得把握時機，第一個通過審核。」我進屋。

「坐下。」

然後我坐了下來。

「這是什麼制服？」委員會主席以及國家緊急狀態委員會[3]的未來成員問道，某些事情使我無法以第

3 國家緊急狀態委員會（蘇聯國家緊急狀態委員會）——一個自稱機構，由蘇共中央委員會領導人和蘇聯政府的代表組成，他們於1991年8月18日至21日進行了八月政變。（作者注釋）

二個問題作為藉口，所以我認真地回答了。「好吧，」他大聲讀出了我的名字。然後，他沒有看調查表，問道，「不是蘇聯共產黨的成員嗎？」「為什麼？」我回答。「是成員。」「沒在部隊服役嗎？」「服過役。」「你有功績嗎？」「我有。」「你的社會地位是什麼？」然後我拿出了我的王牌。「我是初級黨組織的秘書，」我大聲說。不過還是有必要澄清一下。在此之前的三個月，我們研究所的黨組織分成了九個小組，可能是為了改善黨的區委員會的報告。結果，我當選，任命為行政管理機構的黨組織的秘書，但實際上職位很低。

這簡直是一種打擊。主席說：「鮑里斯．格里戈里耶維奇，你先出去兩分鐘，我們會叫你的。」我轉過身出去了，眼角的餘光看到桌子旁有一張熟悉的臉。「怎麼樣？」走廊裏的人問我。

「我不知道，他們說會叫我。」主任沿著走廊，緩慢地走來走去，用責備的眼神地看著我們。

「進來吧，坐下。」他們再次對我喊道。主席站起來，咳嗽，並悲哀地說：「我們會推薦你的。」他對角落裏的一位成員輕聲說道：「現在，費爾德曼正好畢業了，所以我們可以帶著他。」

「謝謝。」我說完，然後出去了。

「怎麼樣？」主任問。我回答說：「他們會推薦我代替費爾德曼。」「但費爾德曼不在我們系，」主任用低啞的聲音回答。「但現在又有什麼區別呢。」

真的沒有任何區別了。之前生活的結束正是中間點B，而博士學業的開始將成為點A。B點的結束正是A點的開始。古人說得很有道理：「結束也是開端。」

我考上了函授博士，四年後完成了學業，1986年1月，我們在莫斯科國立大學學術委員會會議上進行論文答辯，我是第一個。

一個新的點B到了，它是生命下一階段的點A。

此刻，我認真考慮了命運中因果關係原則的內容。過程從哪裏開始，又在哪裏結束，它們之間的關聯如何。在現實生活中，點A總是先於點B，但是，在男女關係中，點B甚至可以在點A出現之前出現。

想一想，在這裏，在人類情感的微妙世界以及微觀世界的量子力學中，可能違反因果原理：後果可能先於原因。

在這方面，我們所有人都隱含地認為A點——開始，而B點——結束。

記得有位詩人說過：

我，像一列火車，
來回奔波多少年了
在城市「開始」
和城市「結束」之間。
我神經繃緊，
像電線一樣，

在城市「結束」
和城市「開始」之間！[4]

你可以試一試，也許是合適的。

4 葉夫根尼．亞歷山德羅維奇．葉夫圖申科，《兩個城市》，1990年。（作者注釋）

No limits [1]

1 英語，意思為：無極限。（作者註釋）

鑼響了，戰鬥結束了，我喘著粗氣，回到拳擊台角落。

我曾是敖德薩大學學生組的冠軍，我今年十七歲，讀通訊系一年級，並且在初中量級的人中脫穎而出。僅僅三場，每場三分鐘而已，但為什麼這麼累？沒錯，這是結局——也許這就是原因。我脫下手套準備拆開手掌上的綳帶，但那時裁判邀請我們到拳擊台中央。

好吧，雖然積分上並沒有太大的差距，但我還是輸了，不過我沒有特別沮喪。我第一次參加這樣的比賽，從拳擊角度來說，我還是很稚嫩，只是一名初級運動員。但失敗不代表毀滅。

對手二十五歲，他是體育界候選人。我還有時間，我這麼安慰自己，但仍有一些不甘。我從十二歲起就在兒童體育學校學習拳擊，在體育館的陪練以及青少年打架方面都有豐富的經驗。因此，我知道：我會變得越來越強大。為何不會？這時，我想起了：傑克．倫敦的小說《凶猛的野獸》中，談到了拳擊手，談到了 1867 年，昆斯伯里侯爵發明的一系列拳擊規則。在那裏，戰鬥持續了二十四輪，甚至在那之前沒有任何時間限制。現在，職業拳擊賽最多可以持續十五輪。而這裏，三場就筋疲力盡了……

在我洗澡、換衣服、回家的這段時間，這些想法一直縈繞在我心裏——我住在半地下室，與遠親：養老金領取者綺里姨媽，還有伊柳沙叔叔住在一起。

說來也怪，第二天這些想法依然存在。我的自尊心很受打擊。

在一次數學講座上，我突然萌生一個有趣的想法。如果嘗試組織一場「漫長的」戰鬥並測試自己，會怎麼樣呢？

培訓時，我把這個想法告訴了我們的教練格里戈里·謝苗諾維奇。也不知為何，他對此一點兒也不驚訝。

他說：「知道嗎？鮑里斯，夥計們定期向我提出這樣的建議。青春，熱血沸騰，精力無處釋放。但不要以為這很容易，需要很特殊的情緒。第二次他們就很少再呼籲了，但我們可以試一試。活動活動筋骨，然後爬入拳擊台。你將與所有人一起進行一輪比賽。累了就說。」他看著我，拉長聲音補充道：「不要過度勞累，照管好自己。」

我沒用全力——我對這些傢伙很熟悉；是我自己要求組織這場「漫長」戰鬥的。我嘗試以大致相同的速度進行操作，在拳擊台的中間進行反擊，避免拐角和繩索。移動，一直移動，有時會變成反衝擊。我漸漸習慣，呼吸變得平穩，興奮消失了，注意力開始集中起來了。也許這比三場傳統的業餘比賽要容易一些。在那裏，你忙亂，晃動，急於充分展示自己的能力。可能你對此已感到厭倦。不，最主要的是你知道：你必須做，一定會感覺累，應盡全力，無非三場比賽而已。但是，只要超越既定的限制，就可以打破遊戲規則——就是這樣：現在，你可以自己設置規則。

多麼有趣，我現在幾乎不需要休息，甚至在兩輪之間的間隔時間裏也沒有休息。

同時，戰鬥繼續進行。夥計們進入拳擊場，攻擊，然後離開。其他人頂替他們，我繼續觀察自己的感覺。我想：「好，我可以維持這種平衡狀態多長時間？」周圍的世界似乎變得虛化、散焦、模糊。但是，相反，我清楚地看到正方形的拳擊台以及對手，就像通過放大鏡一樣。在我看來，時間似乎改變了自己的速度。

這完全不尋常，而且從未有過。可能性的極限在哪裏？

就這樣一個半小時過去了，而且轉瞬即逝。我看著掛在體育館牆上的那個大鐘，那兒曾經是路德會教堂。「不，不可能！已經十五回合了？」鑼響了。教練說：「好了，回家。」

那時我發現了一個法則：「沒有極限」，聽起來像是我內心的警報。「沒有極限，僅此而已。」也就是說，只有在你知道它存在的情況下才是。如果你不知道，那將是另一回事。昨天，我因為那三場比賽累得像狗一樣，而今天，又經歷了十五輪戰鬥，但目前為止，我的思緒依然很清晰，沒感到疲累，我看著那堵「牆」，也就是我們練習「同影子對打」的那面鏡子。「是的，我有兩處擦傷——戰友們盡了最大的努力。但總的來說，一切都很好，不像昨天。」

從那時起，我一直沒有忘記法則。我把它當作一個神奇的秘密，並在困難時期想起它。

請記住：這是我第一次大聲說出來。

事實證明，該法則，至少對我而言，是普遍和全面的。好吧，就像萬有引力定律。

在這六個月裏，我沒有上技術課，也沒有寫摘要，有一個認識的女孩幫忙寫下了與課題有關的所有摘要。我在考試前一晚拿到了這份提要，並且用一晚的時間學習了所有內容；連著幾個晚上都沒有睡覺；我曾經喝一杯酒就醉，然後做出一些清醒的人不會做的事情，但現在我喝了兩杯，居然沒有醉，也就是說法則無處不在。法則開創了更多機會，我盡力利用了這些機會。

我記得一件有趣的事情。在某一訓練中，他們無意「打到了我的眼睛」，它開始痙攣。醫生說：「很糟糕，需要進行催眠治療。」然後他開了一張單子。

一位年邁的催眠師繞著我走來走去——完全沒用。但是老人很有經驗。他用敖德薩特有的強烈口音說：「年輕人，你不願屈服於催眠；你太自負。但也許你可以自我催眠。為什麼要抵抗自己呢？」他狡黠地眯著眼睛補充道：「你必須屈服，釋放你的弱點。否則，你會患上神經病。」然後他解釋了該怎麼做。

晚上，家裏的老人去看望孩子們，我進行了一次自我催眠，我關掉了屋裏的燈，坐在椅子上，開始凝視著窗台上的鍍鎳茶壺，沒有眨眼。一盞路燈發出的微弱光線落在水壺上。最主要的是不要眨眼。如果試試，你就會明白，那是非常困難的事，眼淚流了下來，但我堅定地記得：「沒有極限」——然後在那裏坐了六個小時。

當親戚們回來時，我把視線從水壺上移開，並且不由自主地恢復了意識。我發現它不再痙攣了，而且之後也沒再痙攣過。

當需要忍受劇烈疼痛時，這是一種很好的方法。有時，如果考慮到普魯卡因作為麻醉劑對我毫無效果的事實，並且免費的蘇聯醫學沒有其他治療方法，那麼，這樣的方法非常有用。在各種治療過程中，他們都嘗試將普魯卡因作為麻醉劑注射，但這對我完全沒有用，我不得不忍受劇烈的疼痛，比如牙齒治療，二十三歲時的闌尾手術，以及其他的。

順便說一下，關於闌尾炎。我之後的生活中發生了一件事情，這極大地動搖了我瞭解該法則的信念。

那是1978年，那時我從事山區運動，而不是規矩嚴謹的拳擊運動。我們小隊經過了上斯瓦涅季。

該小組裏有一名醫生。而且，正是他患有急性闌尾炎。他體溫升高，情況也變得越來越糟糕。他決定進行緊急手術。他說：「如果我失去知覺，那就會死在路上。」我們停留在了一個位於三座舊居民樓中間的小村莊裏，從當地人那裏拿來一面大鏡子。

醫生隨身帶著他的外科用品。他打算照著鏡子，自己動手，但我們其中一位不得不幫忙縫合。「我需要一個絕對不會暈倒的人，」他堅定地看著我說。我意識到：「我們是同一種人；他也知道法則。」我不再推辭，最後，一切都愉快地結束了。記住，沒有極限。

順便說一句，當我從拳擊改到登山，然後改為滑雪時，事實證明：該法則的適用範圍非常廣泛。當你爬上山或下山時，最容易感到疲勞。在做其他事情時，就不會那麼累。下來的時候幾乎讓人筋疲力盡。別忘了，你還背著一個背包，四十公斤。你可以重複對自己說：「沒有極限，沒有極限！……」你知道的，它確實有用。

已故的母親那時總責備我，因為我做的一切「都像瘋了似的」。在我看來，她猜透了法則。對法則的解析是她的專長——正如我之前所寫，她是一名數學家。

我認為即使在我撰寫此故事時，她的觀點仍然有意義。已經寫了七個小時了。大家很早前就睡了——凌晨兩點，目前還沒有完成，我一直寫，沒有起過身，這正遵循了法則的精神。

因此，在山區，三個「無極限信仰者」（包括我）形成了一個團隊。我向他們介紹了法則，他們很喜歡。然後更多人。起初，我們只是慢慢行走，然後加速，在「負重」的情況下跑上坡地，整整一天都是這樣。

出於訓練的目的，我們每周六或周日「衝刺」克里米亞的山脈。白天，四十公里不間斷。我們發現自己進行的完全是一個國際性的運動項目：跑步上坡，並在當地條件下成功推廣。

他們不知何故決定從紅林村跑往雅爾塔，途中不知不覺地路過政府禁獵區。只有一些大人物在那裏打獵或休息。

顯然，他們發現了我們。我們聽到直升機的聲音，它停在旁邊的禿頭山崗上。海軍陸戰隊爬出直升機，從後面追趕我們，我們之間相離大概二百米。我們本來可以加速，把距離拉得更遠一些，但擔心他們會射擊。因此，我們就像驢子鼻前的「胡蘿蔔」一樣處在海軍陸戰隊前面，一直保持距離，直到追趕者完全精疲力盡。最後，所有海軍陸戰隊員都停止了追捕行動——剩下一名中尉。「等等！」他尖叫。「聊聊。」

我們等到他。他氣喘吁吁地說：「好吧，夥計們，你們就像馬兒一樣強壯，我已經追得筋疲力盡了。應該派你們這樣的戰士去參加阿富汗戰爭。」「什麼？」我回答。「我們是愛好和平的人，儘管我們還可以跑更長時間。」他懷疑地看著我，說：「你的耐力有問題。」我繼續說：「不，沒什麼問題。你需要熟悉這個地方。」我們和平地分開，但中尉仍存有懷疑。他本人就是這麼說的，十年之內，我會在非常不尋常的情況下與他見面。也許以後我會把這個故事寫下來……

這些培訓的事情很快就在狹窄的範圍內傳播開來，一個高加索代表團來到我們這裏，兩個男人和一個女孩。其中一位長者說：「我們想和你們一起繞山跑。所有人都說你們有驚人的耐力。」「什麼？」我們很驚訝，「還有那個女孩也一起嗎？」「我是專業嚮導，」她很生氣。「明天我們將看到你們的能力。」

第二天早上，我們選擇了一條更長的坡道，並說：「我們將不斷加快步伐，因此，如果你們中的一個落後，我們將在上面等他。」我們出發了，首先，慢慢地，然後越來越快。大約十分鐘後，我們幾乎是運動員百米賽跑的速度。當然，儘管他們還處理了很多自己的事情，但他們並沒有想到我們會有這樣的步伐。那個女孩第一個掉隊，然後是其中一名男子，接著另一個坐在小路上，手扶兩肋，喘著粗氣。我們爬上山頂躺下來享受日光浴。二十分鐘後，氣喘吁吁的「大軍」後衛隊追上了我們。

顯然，他們不知道法則。之後沒人再來。隨著時間的流逝，我們也覺得厭倦了，所以放棄了這項運動。

我開始在各個領域應用該法則——我從未錯過。

我記得我小時候又瘦又高，其他男孩看起來結實很多，我為此遭受了精神上的折磨。我給自己買了啞鈴，開始在單槓上做引體向上，在地板上做俯臥撐。就這樣，隨著時間的流逝，我有時仍然焦躁不安。你不會在所有地方都找到單槓，也無法隨身攜帶啞鈴，但是你可以在任何一個地方做俯臥撐。從那時起已經過去了半個多世紀，而我直至現在，每天早晨仍然會做俯臥撐——我已經習慣了。

但是，在該法則形成之前，我記得做過一次俯臥撐，一次四十個，而在法則形成之後——一百，現在一直保持這樣。為什麼一百？我喜歡這個數字。

歲月流逝。一個通俗的短語，但它真實地反映了現實。我繼續在日常生活中應用該法則，特別是在必須實現最大效率和回報的情況下。

這有助於在教育界、商業以及與周圍環境的關係中發展新的專業。知道嗎？當你的合作夥伴懷疑你是否可以變得更強壯，不斷發展自己的能力，達到最高水平時，他們「擊敗」你的機會將變得更小。

因此，隨著時間的流逝，我真誠地愛上了各種考試和考驗。你可以在那裏「加強」你的能力……

一天，我瞭解到存在一個與法則同名的非正式山地滑雪運動員和滑板運動員俱樂部。從那時起，我認為自己是其中一員。就像這樣：當我在瑞士的采爾馬特市騎車時，我問一個當地人最艱難的賽道在哪裏，然後他把我帶到了深山的某個地方。

纜車行駛了很長時間，從一輛纜車換到另一輛，最後我到了一個奇怪的斜坡——非常長，陡峭，並且在我看來，是完全沒有開墾過的，原生態的。一輛小小的吱吱作響的鋁製汽車停在那裏。我一個人待在裏面，並注意到了許多題詞和簽名，都是用一些尖銳的東西刻寫上去的。其中一個題詞特別有趣：「Hem」。海明威嗎？哇！真的是，留下的日期是戰前的。我繼續看其他的。而這個：「Gina」，可能是吉娜・勞洛勃麗吉達？

我們終於到達了可以滑雪的高度，我發現一群常常在這裏滑雪的人，他們說英語（有些用滑行橇，有些用滑板）。

其中一位建議：「我們來比賽吧，看誰最先滑下去。」「輸了的請大家喝威士忌，」另一位接著說。山下有一個小的露天酒吧，那裏可能有賣。

斜坡凹凸不平，但切格特山上就不是這樣的。當然，我同意了，我們興高采烈地沿著山路滑行，有時會因為去酒吧而分心。

兩小時後，隊員們迎接我，這是「No limits」俱樂部的一次聚會。機緣巧合的情況下，有時我會在「非會員」不敢冒險滑雪的地方遇到其他成員。

1992年之後，我注意到我們開始在「無極限」的概念上投入新內容，可是喜歡它的人不多。「超越常規」和「無極限信仰者」這兩個詞語開始變成了帶有明顯的否定性的潛台詞。真可惜，對我來說它們是如此有意義的話。

「超越常規」意味著違反了一系列不成文的規則（概念），受到商界和「地下」[2]組織的嚴厲譴責，在這裏，這是有意消除同夥伴關係中的道德和其他限制，依靠暴力並承認唯一的權利——強者的權利。或許你感覺幾乎一樣，但不完全相同。而且側重點很偏頗。

正好我就遇到過這樣的「鼠狼」，即壓迫同類的鼠類——拿它來代表人類，決非最好的比喻。業務改革一直對他們不利。隨著時間的流逝，他們作為一類滅絕了，現在，生活中幾乎找不到他們的影子。

現在，企業已不再使用「費尼亞[3]」，改用普通的人類語言。這令人欣慰，因為該法則繼續有效。

難道不應該感謝它嗎，我五十歲後學會了騎馬，六十歲以後精通寫作專業的基礎知識，以前從未學過。

隨後，我決定弄清楚該法則的歷史，而且我發現了許多法則的追隨者，他們的座右銘是「沒有非常」。

---

2 源自英語 Underground，即：地下。在這種情況下，它用來表示人類的相關產業活動。（作者注釋）

3 罪犯世界的俚語，黑話。（作者注釋）

該題詞是英國國王理查一世盾牌上的句子，他是金雀花王朝的「獅心王」，他生活在十二世紀，在歷史上曾作為騎士的典範而聞名。這不正是套用了雅典政客及立法者梭倫的格言嗎——「沒有非常」。他在二十七世紀前制定了它。而我們現在也只知道這兩句。我必須說，真是一個好團隊：理查一世和梭倫。

六十歲以後，我開始考慮這個偉大法則的局限性。我模糊地懷疑極限存在於某處，總有一天我會看到它們，或者至少感覺到它們。

隨著時間的流逝，我可能需要更準確地補充法則的措詞。可能這樣：「沒有極限，特別是對於年輕、健康、美麗的人而言。」我衷心希望這不會很快發生。

年齡呢？將法則用在它的身上會很有趣。也許我們的個人戰鬥將持續更長時間，而我們的疲勞感會減少。畢竟，瑪土撒拉活了九百多年。而在洪水滅世之後人類的壽命不超過一百二十歲。似乎最主要的不是年齡，而是我們對它的態度。

詩人葉夫根尼·葉甫圖申科對此寫得很好：

沒有
年齡。
我們所有人，
愚蠢地陷入群居，

我們發明老年，
但生活如何，
如果我們一生都不斷地克制它，那還是正常的生活嗎？
傾聽任意一位老人
你會在內心深處發現一個頑童，
而那些不再青春的姑娘——
都是白髮女孩。
他們純潔的白髮，像蘋果花一樣。
就是這樣。

No limits——永恒

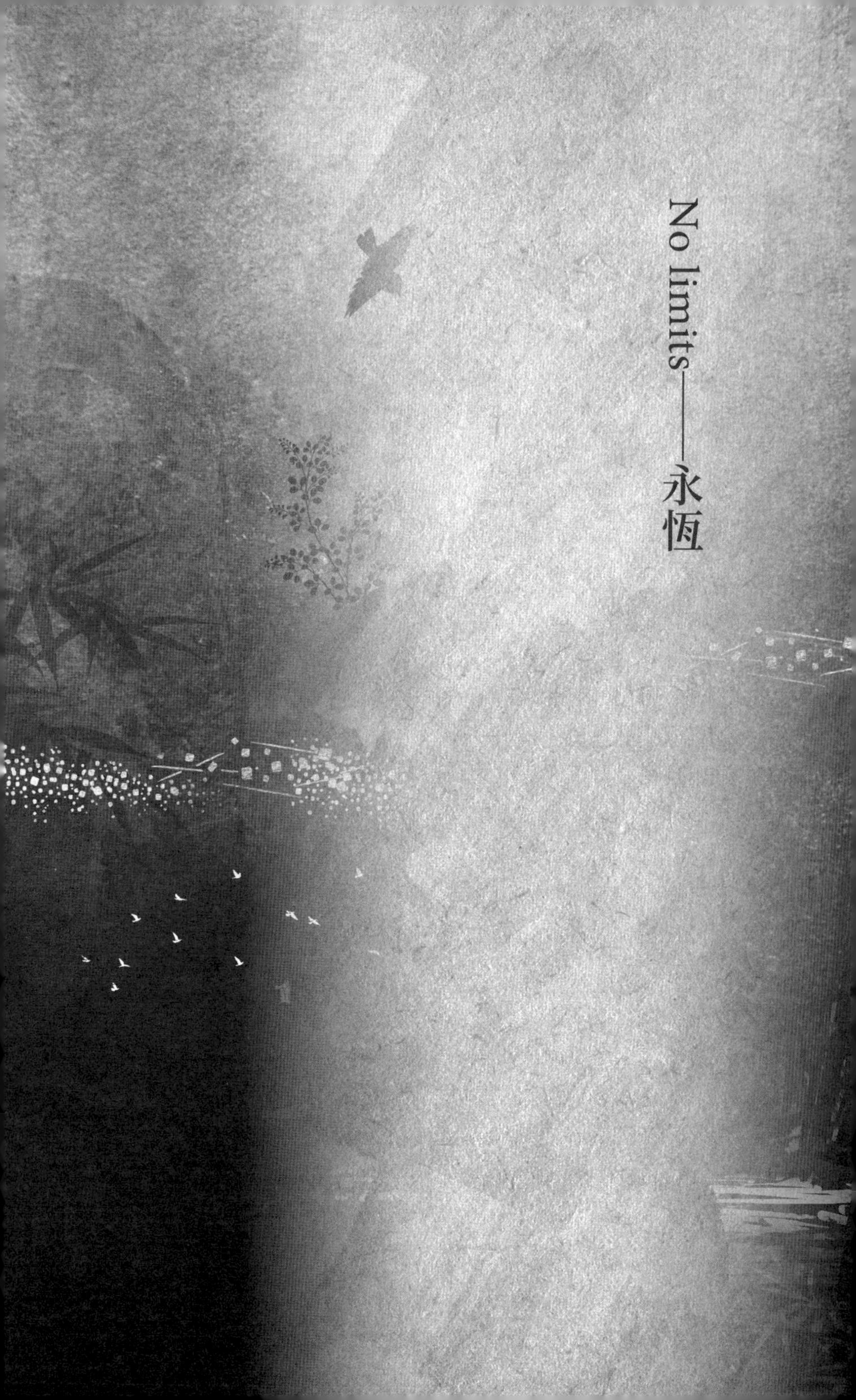

Buenos días, - habla el profesor y entra en la aula, – ¿i cómo estás

Muy buenos, – los estudiantes responden.[1]

我也是其中之一。

是的，沒有極限。我依然確信這一點，已經很多次了。很長一段時間以來，我都想繼續寫這個故事，但僅僅只是「提筆」。正如六年前我對讀者說的那樣，自我制定「沒有極限」的那天起，已經過去五十二年了。但事實上，我沒有一天不反思它的普遍性，尤其是這樣一個不穩定、從根本上來說有限的（有時突然是有限的）研究對象——人。

到目前為止，這個法則還沒有失效，但誰知道接下來會發生什麼。最近兩年的生活為我提供了有關此方向的大量材料。在過去的二十年中，我的生活朝著非常具體、明確的方向發展。在不斷變化的世界中可以加深和擴展你的活動，但這個世界本身通常是可預見的。這個法則適合任何方向的「無限增加」。在內心深處，我為這種品質感到自豪，這在爭奪「陽光下的地方」的激烈競爭中提供了某些優勢。在我看來，這將持續下去。我嘗試不濫用這個法則，只是使用它的功效，不損害周邊的事物。不過人們善意地說——不要提前計劃，否則只會成為徒勞。兩年前，我剛剛學會了如何獲勝，然而，突然，遊戲條件發生了變化，我所生活的世界也發生了變化。

1 西班牙語，意思為：老師走進教室說：「早上好，你們最近好嗎？」學生回答：「很好。」（作者注釋）

我寫了很多跟選擇有關係的文章。它有兩方面：選擇的自由和存在。大多數情況下，其他人不會給你選擇的機會，而是替你做出選擇。在最好的情況下，他們試圖說服你接受這樣的選擇，而不是你自己選擇你所謂的正確選擇。當然，在不離開最好情況的前提下，根據情況進行選擇也是一種選擇，但這些選擇非常有限。在這種有限的情況下很難給出萬能的建議，很可能是不現實的，但在我看來，一般的方法可能是：如果你覺得自己是別人棋盤上的棋子，那麼只有一個值得做出的決定——離開棋盤。我就是這樣做的；從那時起，我再次成為自己命運的主人，就像複雜的現代和相互聯繫的世界如何讓我成為自己命運的主人一樣。

環顧四周，我看到開放的世界是嚴酷的，但不是惡意的。就像一則著名笑話中說的那樣：「隨便拿，但收銀台就在你眼前。」層出不窮的方式使選擇變得困難，但這時我想起了那個法則。

「沒有極限，」我對自己說，一切都各歸各位，但不會立竿見影，需要等很長時間，隨著時間的流逝，平衡點會被找到。

但是，為此，我必須掌握更多新知識和技能，以便研究新世界和語言——這正是故事的開始。

說到語言，我與來自中國、台灣、意大利、法國和英國的年輕人在同一所國際語言學校學習。在那兒我比別的學生大太多，但學習有必要建立在平等的基礎上，不要考慮我的學歷和頭銜。儘管很難，但法則幫助我完成了語言的學習。

我拿到了歐洲駕駛執照。一切準備就緒，所以負責簽發駕駛執照的人送我去體檢。我到了目的地，這是符合各種標準的中心——從駕駛員到特種部隊士兵。整套電子測試設備、電子遊戲機等一堆，無需人工干預，結果將自動發布。那裏的主角——一名黑人婦女——大約五十歲的醫生，她擔心我，支持我，希望我能夠完美地通過標準。我想起了法則，繃緊和……「加倍努力」，我通過了標準，完美通過，根據該中心的統計，有40%的人第一次沒有通過，而且都是青年。也許法則本身還沒有被發現。這時，正好我的書開始被翻譯成其他語言，三本故事集被翻譯成法語。好吧，由於「沒有極限」，我於2015年10月在巴黎市中心展示了這些書籍。在法國談論文學並不容易——這個國家有很多鑒賞家。但是我做到了——法則有所幫助，正好趕在巴黎恐怖襲擊發生前十天。

我相信我提及的法則，但我想指出，作為一種特殊情況，該法則包括許多應用程序和附加內容。例如：慾望，努力，訓練。或者：不要浪費精力，尋找更好的出路。並且：相信不可能。還有很多其他的。每個人都可以找到自己對法則的定義或補充，但是最主要的當然是最初的定義——沒有極限。

我有一個好朋友，他是一名退伍的上校，也是一名功勛卓著的軍事飛行員，他的生活完全「超負荷」(不僅是身體上的)。當然，他也為此付出了代價，他被診斷出患有嚴重疾病，就像尼古拉·奧斯特洛夫斯基一樣，還有那本眾所周知並且深深印入我們的記憶的《鋼鐵是怎樣煉成的》。他相信法則，因此，他不僅寫故事，而且還去山地滑雪。我認為他會戰勝這種疾病，因為沒有極限。

是的，關於高山滑雪：這是適用法則而不受任何限制的地方，我們可以用「純形式」來表示。我已經滑了四十四年了，已經看完了所有的東西。我記得，起初我不能滑雪。但，我去滑了，雖然沒有達到應有的水平，沒有預期的那樣好……幾年後，法則自己彰顯出來了，現在我走在陡峭的雪坡上——就像呼吸，自然而且從容。

該法則同任何法律一樣，獨立於我們存在和活動。也就是說，我們可以在其活動範圍內或之外，這不會影響法則——僅對我們而言。

我與尼古拉·米哈伊洛維奇·阿莫索夫的幾位同事在基輔會過面，眾所周知，尼古拉·米哈伊洛維奇·阿莫索夫——外科醫生、科學家、作家，一個真正克服了自己的弱點和疾病的人。他的所有舉止表明他瞭解並遵守法則。

當你寫故事時，劇情通常會拋開你獨立發展，角色開始過自己的生活，事件的邏輯、信息量、思想和結論——所有這些都不是你本人。有時，我覺得寫作的不是我，而是它們通過我寫作。是誰？我也不知道。但是，如果我們假設對於外部觀察者（例如，程序的創建者）而言，我們過去、現在和將來都同時存在，那麼這意味著一切都已經被講述完和書寫完了，聽、讀和在紙上敘述。

但是，該法則不僅只有積極意義。正如善無止境，惡亦無涯。卑鄙、怯懦、背叛、憤怒也沒有極限。請記住這一點。

我記得兩年前（那時，我的生活發生了翻天覆地的變化）我在報紙上讀了一篇文章，該報紙由一家大型企業監察——我們的客戶。文章包含關於我的內容，帶有隱私的暗示，並指向我的非斯拉夫血統。署名用的是筆名——一位不知名的記者。這並沒有讓我感到很沮喪，反而使我感到驚訝，因為在這之前還沒有出現過這樣的情況。此外，就解釋信息的數量而言，在我看來，寫作的人比記者瞭解得更多。

首先，我打電話給報紙商，詢問這種不友好行為的原因。他們回答說：「不涉及什麼個人，這是我們的思想立場，新聞記者只是遵循了這種態度。」我心想：「嗯，這位記者是誰？」不，不要認為我不好，我絕不會對那個新聞記者進行報復從而確保他不再散布對我不利的消息。我只是在文章的語氣中完全感受到了這一點——「個人」。好吧，我最終弄清楚了，而且……不相信，很難相信這一點。我對這個人一直都很好，而且盡我所能幫他。此外，他的名字也同樣是「非斯拉夫語」。我決定談談，我打電話問：「發生了什麼？為什麼要這樣暗示？就好像你不是斯拉夫人？」他回答說：「在你看來，只有我父親不是斯拉夫人，這對我來說不重要，我可以更改姓氏。你為我做了什麼特別的事情？你只是懷著滿滿的優越感，出於憐憫而給了我一些小恩惠。為什麼你擁有一切，而我一無所有？」

我想：「是的，正如人們所說，善意[2]……」實際上，我生活中有許多背叛、惡意和無禮的例子，但由於某種原因，這件事尤其讓我感到驚訝。也許是因為時間比較靠近。

然後我想到了法則的負面表現。畢竟，一切都有兩方面，善與惡處於某種平衡，就像「陽」和「陰」，甚至可能以某種方式相互融合。

那麼，現在我只能「冷漠地聽善與惡」（亞歷山大．謝爾蓋耶維奇．普希金，《鮑里斯．戈東諾夫》）。

不，當然，法則說我們的能力不受限制，而如何運用這些能力取決於我們。現在我很清楚，沒有必要花費

2 諺語，全句為：Добрыми намерениями выложена дорога в ад. 善意鋪平了通往地獄的道路。

如此昂貴的時間來發怒和憎恨。仁慈和高尚沒有任何極限。因此，我原諒了我的敵人，包括這名記者。我憑什麼審判他們？就讓上帝審判他們吧，命運會在生命的盡頭反映出本質，也可能在另一個世界。

好吧，就這樣結束了我們生存的價值？弗拉基米爾·米哈伊洛維奇·別赫捷列夫院士在1916年談到了這一點：「先生，沒有死亡！沒有死亡！這可以證明。並在邏輯上嚴格證明。人是不朽的！」這難道不是法則的體現之一？該法則的效力在很大程度上不取決於一個人的年齡，至少在所謂的特定年齡之內。謝苗·雅科夫列維奇·納德森於去世前一年寫道（1886年，年僅二十三歲）：

不要告訴我「他死了」。他活著！
祭壇毀滅了——火依舊燃燒，
玫瑰被摘下——它依然綻放，
豎琴折斷了——和弦仍在抽泣！

這兒是法則的另一種表現形式：當一個人的非凡才能在生命的早期階段就被揭示出來時，它就會顯現出來。當然，在任何時候，有意識或無意識的執著以及不可阻擋的人，總是在法則的指導下，知道沒有極限。

我們記得地球南極的發現者之一——大不列顛皇家海軍的船長羅伯特·法爾肯·斯科特，他達到了目標，與同伴在寒冷的返程中精疲力盡而亡。阿佛烈．丁尼生男爵在他的詩《尤利西斯》中提到過這些堅強不屈的人：

雖然我們沒有這些力量
改變昔日的天地，
我們保持自我；英雄之心
被歲月和命運逐漸耗盡，
但是意志堅定地呼喚我們
奮鬥和追求，尋找而不放棄。

後來，這首詩的最後一行被刻在一個大型木製十字架上，以紀念這次探險。

我確信法則將繼續有效。它極大地擴展了自然界給我們的可能性。依靠它，在生活中使用它，你會取得更多成就。

因此，所有這一切都跟「No limits」有關。

11.02.2016

正義與罪惡

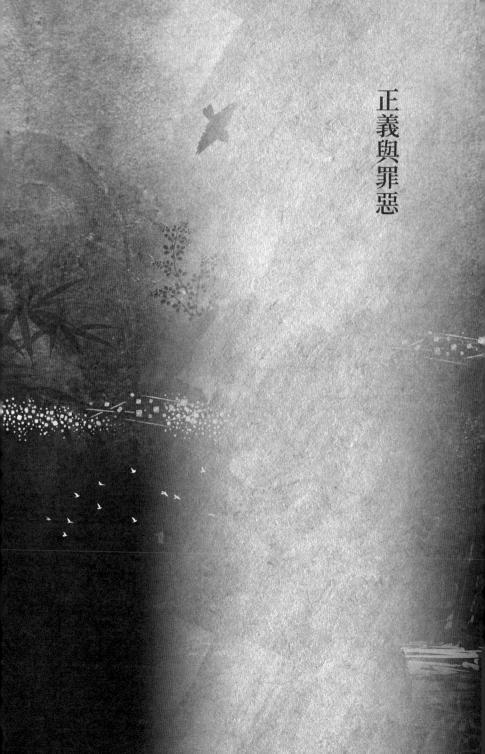

9月，夏季的酷暑已漸漸消退，但他依舊感到有些奇怪的低落感。這是不尋常的，而且以前從未出現過。

「您需要加強運動，」認識已久的醫生對他進行檢查。「您每天工作十二小時。」在這個年齡段一次性的運動或者一定程度上的運動量已不再足夠。多步行，不要乘坐電梯和公共車輛。總的來說，過一種貼近自然的生活。一切都會步入正軌。不然的話，壓力會出現問題，然後是痛風，鹽含量、糖含量失去平衡……一切疾病都會隨之而來，以至於你無法控制，失去健康。

該怎麼辦，不得不戒掉煙，丟下汽車，開始步行上下班，隨著時間的流逝，他甚至喜歡上了這種方式。他通常沿著同一條路線去上班，大概走三十分鐘。首先，沿著河，然後穿過中心，然後沿著工業郊區的碎瀝青路。這裏有一個草木叢生的大型公園，可以沿著嘈雜、交通阻塞的街道繞行，也可以直接沿著布滿樹葉的小巷走。當然，第二種選擇要好得多——所以兩個月以來，他一直這樣做。

今早也不例外，他邁著矯健的步伐。10月了，大多樹木的葉子已經凋落了，但這甚至別有一番滋味——腳下沙沙作響，可以轉移注意力，平靜下來。

中央小巷裏有一條木長凳，被漆成了綠色。像往常一樣，公園裏沒有其他人，只有那位年高望重的老人坐在那兒，他跟平時一樣，穿著華達呢做的膠布雨衣，戴著帽子，露出長長的白髮。

老人微微挑起帽檐仿佛在打招呼，他同樣點了點頭。每天都如此重複，因此不再令人驚訝。

這天，往日一成不變的節奏被打破了，「年輕人，我們已經打了四十次招呼了——我覺得我們現在可以認識一下。我叫亞歷山大．尼古拉耶維奇，我已經退休了，你呢？」

他回答：「我叫帕維爾，還沒有退休，所以要去上班，」他想：「退休以後會很無聊。他看上去七十多了，也許很孤單。所以他這麼早就坐在這兒。」

但他們開始聯繫了，而且進行了簡短的對話。帕維爾坐了兩分鐘，然後繼續往前走。天氣日漸變涼，不過，他們的交談時間都不長。最初，主題比較概括：政治、經濟狀況、國際新聞。不得不說，老人非常有見識——顯然，他並沒有浪費自己的法定自由時間。

幾天過去了，他們倆都習慣了這種方式，交流變得更加容易，障礙消失了，話題逐漸變得更加個人化，甚至親密。

「女人……」亞歷山大．尼古拉耶維奇說。「我不知道是我走進了一些壞女人的生活，還是她們闖入了我的生活。不，我有豐富的經驗，但一些結論是模棱兩可的。至今我仍然不明白我們之間的關係是什麼——光明或黑暗，喜悅或悲傷，和平或焦慮。我記得我那時三十五歲，就像現在的你。我擔任部門主管，這時正好出現了一位新同事——瓦雷拉，他是一位很聰明的夥伴。那時是冬天：新年快到了，他和他的妻子去看業餘表演——音樂會。他妻子——簡直是一副藝術品，是仙女，不是普通女人。她身材修長，纖細，有一雙大大的眼睛，還有一副理想的外貌，溫柔動人。

「這樣的形象總是對我產生強烈的影響，並開始尋找認識的理由。好像偶然路過一樣，停下腳步，自我介紹，然後相互認識。『達尼亞』，——這幅『藝術作品』看起來很消弱，而且臉上掠過一些奇怪的表情——她對我熟視無睹。我們聊了幾句。原來她沒有工作，她和女兒待在家裏。我覺得：他們的生活很困難，只靠一個工程師的薪水遠遠不夠。

「一周後，她突然來我的辦公室。說替丈夫帶來了一些文件，以便將其轉移到人事部門。她看上去有所不同——開朗、輕鬆，她的目光並沒有繞過我，而是直直地盯著我的眼睛。

「好吧，一直以來，我只在想一件事——如何繼續交往。

『聽著，達尼亞。』我說。『你打算做什麼？』

『沒事可做，』她回答。『我完全自由，孩子由奶奶照顧。』

『我們找個地方坐一會兒，討論一下這個問題。』我決定。

『有問題？』

『可能有。』

『未必是問題。』她總結道。

「我請她坐進我的『日古利牌小轎車』，我們行駛了三十公里，然後坐在路邊一家餐館裏。那兒沒有一個熟人。總之，除了我們之外，沒有其他人。我們坐下來聊天，我給了她一個『性慾』的暗示。她沒有直接同意，也沒拒絕。結果，我在汽車旅館租了一間房，然後我們去了那裏。直到最近，我都無法相信。她的樣子看起來簡直像個孩子，但她有丈夫、家人。

「一切都很順利，甚至沒有感到『尷尬』，同時她表現出令人羨慕的技藝。我以前交往過的女人已經很嫻熟了，但這樣的還是第一次。一種禁止的感覺，但很誘人。而且最重要的是，她沒有表現出特殊的情感，表現得冷漠或其他。但她一切都做得很好，你會想要求她繼續。第一次結束後，她的話語立即發生了巨大變化。現在，她直接、坦率地用自己的叫法稱呼所有事物，沒有任何尷尬。但最奇怪的是，她完全不忌諱地提到了她前任和現任的一些瑣事。原來，我不是她的第一個，不是第二個，甚至不是第三個，而是許多人中的一個。我們是男人，我們對女人有什麼期望？為了使她害羞、尷尬，聽她說這是第一次？如果這樣的話，通常都是裝的。而這個女人很坦率地談論她的男人，應該說讓我害羞才對……」

「好吧，亞歷山大·尼古拉耶維奇，」帕維爾說。「快遲到了，我得去上班了，」他從長板凳上站起來，已經坐了十分鐘了。「明天告訴我之後的故事。」

一陣微風吹過，枯葉衝向他的前方。「這便是老人，」他沉思，並加快了腳步。「當然，每個人都有不堪回首的往事。這位老人願意談起他不光彩的往事——因為渴望交流。」帕維爾曾經也有過很多女人。他的第二次婚姻已經維持了十年了。但是在第一次和第二次之間，出現了一堆大大小小的私情。但是，現在——不一樣，配偶非常嚴格並且有堅定的道德原則。

第二天，陰天，濛濛細雨。他們像往常一樣打招呼，養老金領取者熱情地繼續說：

「所有這些使我進入了非常激動的狀態，使我異常興奮，我的樣子看上去像個孩子。我開始解決這個問題：要麼我自己商務旅行，要麼為他的丈夫安排商務旅行。我們在我朋友的公寓裏見面——他去國外長期出差，把鑰匙留給了我。我感到在我們的關係中，她就像毒品一樣牽引著我。但是，達尼亞並沒有那種感覺，做完後毫不猶豫地就消失了。甚至不清楚她為什麼來招惹我。

『什麼，丈夫不滿足你？』我問。

『不，』她回答。『也許在那些事情上他比你強。』

『那為什麼？』

『已經習慣了。從高中開始，我就有一個規則——一次至少兩個男人。有時更多。』

『現在怎麼樣？』我很感興趣，『我想看看我和你在這個事情上如何進展。』

「而且她看起來那麼天真，那麼無助，簡直就是拇指姑娘。我能告訴她什麼。在家裏，我還有一個妻子、一個孩子，似乎是我勾引了她。

「但是，我逐漸開始懷疑真正的主動權在誰手裏。而且，她每次約會都會向我拋出有關她前任和現任的其他詳細信息，以加強我的能力。她從十五歲開始與同齡人、老師和父母的熟人一起，然後是學院，從未對任何人有任何特別的感覺。還有一些莫名其妙的好奇心——在允許的，通常被接受的範圍之外還有什麼？總的來說，我們從小就被教導要懂得道德，但是這個女人完全否認道德，完全不道德。

「在我看來，與這個女人相比，我沒有違反任何規則。

「這時，正好有一個改革性的節日——節日期間跟全家人在一起。我尋找，她正與鄰近部門的一位長得很結實的研究員交談，大家叫他米沙。她對他依舊熟視無睹，就像我們第一次見面一樣。

「我內心砰砰直跳。是的，這是她的戰鬥姿態，也就是說，又一個……多奇怪的故事，我吃醋，跟誰？

跟別人的妻子和不相關的男人。我已經三十多歲了，與女性保持長期關係，然後使自己陷入不良後果——嫉妒。而且我不能告訴任何人我嫉妒別人的妻子，即使我自己，也不願承認這樣的事實。而她卻滿不在乎。

「第二天，我問：『你還有另一個嗎？』

『是的，』達尼亞輕聲回答。『還不錯。但如果你嫉妒的話，那麼我們可以試一試三個人一起。』片刻之後：『或者四個，算我丈夫一個。』

「在我看來，我進了瘋人院。某種荒誕的劇院。『和你丈夫一起嗎？』我很驚訝地問。『他清楚嗎？他知道嗎？』

『當然。』她毫無表情地說。『否則，他怎麼可能留得住我。』

『的確……』我想。『如果說這是飛蛾撲火的話，那麼誰是火？——這是個問題。』我大聲說：『聽著，達尼亞，可能我們還是應該分開。成為三人中的一者，這超出了我的能力。』

『更確切地說是你不夠厲害，』達尼亞茫然地回答。『如果你有更多的力量，也許就用不著第三個了。』

「簡而言之，我決定結束這個『劇本』。因此，相信我，『毒癮』開始發作。我滿腦子都是她，無法工作。我清瘦了不少，面部也消瘦了很多，而且食慾不振。我有一位年邁的姑媽，她是看著我長大的，所以我向她傾訴了一切。『這很現實，』她告訴我。『很少見，但的確存在。出路只有一條——另一個女人。而且儘可能不要再見那個蕩婦了。』

「我打著交流經驗的旗號安排自己到西伯利亞城市旅行了一個半月。一個全新的地方，一個全新的團隊——大多是女性。他們對我可以說是隨聲附和——第一天，他們就給我看了瑞典的所謂『家庭』雜誌。並附有裸照，所有『設備和技術』的細微細節圖。然後我與所有進入我視線而且不反感的女人『交談』。最有趣的是，幾乎全部都『不反感』。也許只有我有適當的情緒。隨著時間的流逝，變得輕鬆了許多，旅行結束後，我完全平靜了下來。我回來時心裏依舊有些顫抖，環視周圍——沒有人；她的丈夫在國外工作了一年，現在已經離開這兒了。達尼亞也去了別的地方。」

「我走了，我得走了。」帕維爾說，趕著去上班。

雨越下越大，他撐開雨傘。「看，老人，事實仍然如此。有趣的是，我不知道老人接下來會談論什麼，他的故事會繼續嗎？」

老人之後所講的一系列並沒有令帕維爾失望。一切都雨過天晴，亞歷山大．尼古拉耶維奇熱情高漲：

「所以，我已經開始工作了，準備了一份商務旅行報告。第三天，達尼亞出現並立即找到了我。

『我懷孕了，』她說。『是你的。』

『為什麼一定是我的？』我弱弱地問。『也許是你丈夫或者是米沙的。』

『不，』她回答。『我計算過日子了。此外，為了使生活變得多樣化，我們與米沙和他的夫人瓦利亞一起混亂地生活了兩個月。我們之間出現了親密的『友誼』。因此，瓦列里安一直都是瓦利亞的『朋友』。在我離開之前，他從未與我做過。米沙最近在烏拉爾出差。所以，只有你。但請放心，我已經考慮了一切。我不會墮胎——為什麼要給我的靈魂增添罪孽，還冒著健康的風險。我生下孩子，然後將孩子交給我未婚的姐姐依拉——這是她夢寐以求的。當瓦列里安回來時，一切都早已結束，沒有人會知道。而且你只需在經濟上幫助我開展所有這些活動……順便說一句，瓦利亞也懷孕了。』」

帕維爾說：「我有些困惑。那個孩子又是誰的？誰知道是他們中哪一個的？」

「正如她所說，總的來說，一切都按照她說的那樣做了。帕維爾，你走吧，剩下的我明天講給你聽，剩下的結局需要清醒的頭腦，也需要一些時間。再見，明天見。」

第一次，他自己起身離開了，帕維爾目送他，有點困惑地去上班了。

第二天，懷著強烈好奇心的帕維爾比平時早來了十五分鐘，但老人已經坐在他的位置上了。他身穿大衣，從外套往裏看，正裝和一件白襯衫，繫著酒紅色領帶，看上去很正式。

「的確如此。」他鄭重地說。「瓦列里安住在國外，他不知道達尼亞懷孕了。米沙見這種情況，很快就辭職了。她懷孕期間都是我在照顧，整個『過程』同樣也跟隨著我。我沒再和達尼亞發生性關係，她在適當的時候生了孩子。我花了些錢，所以孩子很快就註冊在她姐姐依拉的名下了。但姓氏不會改變——達尼亞在婚姻中沒有改變她的姓氏。只要有錢，什麼都可以。

「中間名是我給孩子取的，但名字是他的新媽媽為紀念父親選的。因此，三十五年前，一顆新生命出現了——帕維爾．亞歷山大羅維奇。」

亞歷山大．尼古拉耶維奇突然沉默不語，意味深長地看著帕維爾：

「還要繼續往下講嗎？」

「什麼，還有？」帕維爾儘量保持僅剩的一絲冷靜，含糊地說。

在他看來，光亮突然消失了，周圍的一切都變得模糊了，就像在陰霾中一樣。與此同時，相反，他非常清楚地看到了一些細節。一切都變得壓抑，炎熱，儘管早晨天氣涼爽，但他還是濕透了，額頭上滿是汗水。帕維爾不由自主地舉起右手，拉開領帶的結。然後，他緩過神來，深吸了一口氣——空氣中彌漫著一股腐爛樹葉的味道。

「是的。」亞歷山大·尼古拉耶維奇突然說道，他似乎擔心不能繼續說完。「很長一段時間以來，我一直懷疑這是不是我的孩子，這讓我很痛苦。我結識了依拉，甚至開始照顧她，很快就取得了成功。當然，她和她的妹妹完全不同——她一點兒都不刻薄。她是一個善良、真誠的女人，一位很好的女主人。我經歷了第二次離婚的暴風雨後，我甚至向她求婚，但她拒絕了。

「依拉說：『如果你成為我的丈夫，你會認為這個孩子是你自己的，似乎就沒我什麼事了。你是唯一知道真相的人。就讓他當我的兒子吧。我不會排斥你。如果你不介意的話，我們偶爾可以見見面……』」

「那麼你就是那個神秘的遠親——薩沙叔叔，總是給我們匯錢的那個人？」帕維爾回答。

「是的，我們偶爾見面，最後一次見面是在她離世前兩個月。但你可能知道，達尼亞死得更早——她十年前出乎意料地走了。而瓦列里安消失得無影無蹤。順便說一句，米沙和瓦利亞生了一個女兒，叫尤莉婭，尤莉婭·米哈伊洛夫娜。現在，你已與她結婚。請記住，她很可能是瓦列里安的女兒。因此，如果你不是我的兒子，那麼她很有可能是你同父異母的妹妹。也就是說，如果你不是瓦列里安的兒子，這對我們都有好處。儘管你並不特別擔心，但是隨著年齡的增長，你的長相會越來越像我。」

亞歷山大．尼古拉耶維奇說這些話的同時，從口袋裏掏出一張舊照片，交給了帕維爾。他凝視著。

「是的，看起來好像……」

「你想要什麼？」帕維爾沉默了很久，問。

「我什麼都不想要。或者不——我想要正義，我想讓你知道。我沒多少時日了。這個故事不應該消失得無影無蹤。」

說完這些話，老人站了起來，莊嚴地離開了。帕維爾沒有留他。他的頭完全混亂了。的確，「智慧加倍，悲傷也會倍增。[1]」因此，行為輕浮的阿姨達尼亞是他的母親，一個善良且有愛心的母親依拉——阿姨。而且他可能娶了同父異母的妹妹？

「值得探究嗎？」他找到了一個解決方案。「這有何不同之處，不管這裏誰有罪，誰正直，我們都選擇忘記和原諒。」

他搖了搖頭，好像是在逃避這種不可理解的現象，然後離開了，沒有回頭，但他的靈魂仍然沒有平靜下來。

在他對面一公里外，亞歷山大．尼古拉耶維奇像一根棍子一樣堅定地、筆直地走著，拖著他患了痛風的左腿。

1 《聖經．傳道書》，1章18節。（作者注釋）

判官從我這裏奪走了一切：
健康，意志力，空氣，睡眠，
他讓你一個人陪著我
這樣我仍然可以向他祈禱。[2]

是的，他仍然愛過放蕩的達尼亞，仍然愛過……

2 費奧多爾·丘特切夫，《判官從我這裏奪走了一切……》，1872年。（作者注釋）

人生如戲

Mundus universus exercet historioniam[1]

1 拉丁語，意思是：「全世界都在演戲」——蓋厄斯．佩特羅尼烏斯．阿爾比特。（作者注釋）

幕布被拉開了，我什麼也沒看見。更確切地說，我看到了……黑暗。腳燈的光線照亮了舞台，但大廳裏的燈卻熄滅了，就像一堵黑牆，將我和觀眾分開兩邊。這會影響精力的凝聚——完全看不見觀眾的表情。長期以來，我相當成功地運用了這種古老的演講技巧——選擇一位臉上表現出一副難以置信的樣子的觀眾，然後開始說話，直接對著他說。當他的表情變為感興趣時，你再找下一個「受害者」。依此類推，直到演出結束。你會獲得熱情的響應，但你需要令人信服的講話，能夠將自己置於聽眾的位置，否則其他人會感到無聊，並對你失去興趣。

今天，我扮演一名演員，我在舞台上，但真正的演員是觀眾，他們在大廳裏。這一切發生在某個春季，那時我還在銀行工作。劇院是我們忠實的大客戶。3月8日，在這個神秘的節日裏，我需要向大型戲劇團的女性成員表示祝賀。

當然祝賀早已是傳統，但通過大型舞台這樣一個方式，我還是第一次。好吧，那麼，需要放鬆一下……然後一切都會順其自然地發展。

「面對面，卻看不清臉。保持一定距離反而看得更清楚，」我以謝爾蓋·葉塞寧的話開場，然後迅速轉向葉夫根尼·葉夫圖申科的一首詩：「總會有女性之手……」然後我又說了兩句，並繼續：「總會有女人的肩膀……」當然，最後：「總會有女人的眼睛……」

大廳裏一片茫然和寂靜。「還有呢，」有人在座位上大喊，我慎重地將自己的劇目改成了我所熟知的白銀時代的偉大詩人因諾肯季·費奧多羅維奇·安年斯基。但是，我的表演怎麼可能讓專業的演員眼前一亮。這個劇院有悠久的傳統，專業人員就坐在大廳裏。他們寬容地為這位銀行家演員鼓了鼓掌，然後我們平穩地轉向了更愉快的話題——相互祝賀。

最後，當然會有冷餐會，這位人民藝術家，也就是總導演，同時也是院士以及公認的行家，他向我走來。他認真地看著我說：「你已經成功地改變了自己的形象，而且在如此短的時間內……但現在你要扮回以前的角色嗎？我們走吧。我們得討論兩個經濟問題。」

兩小時後，我回到了辦公室，所幸步行不遠——只需穿過廣場。我們和這家劇院有著特殊的關係。當銀行的開設與否還處在思考階段時，主要面臨的問題是：「該安置在哪裏？」我的同事認為最低租金應該是主要條件。我有截然相反的意見。我確信，在初期，在市中心選擇一個享有聲望並且交通便利的地方非常重要，你完全不用給客戶打電話——他們會自己來。

宏偉的劇院大樓位於市中心，因此，在朋友的建議下，我們進行了商談並租用了樓座和一部分具有票房價值的大廳。房屋看上去並不怎麼美觀，但隨著時間的流逝，我們的經濟服務體系在不影響國家預算的情況下修復了一切。的確，所有這些都不便宜，但確實有回報。所以說，位置很重要。前幾年銀行一直位於租賃場所，後來，一座美麗的建築物在劇院廣場附近完美竣工。

但是，在我們共同存亡的過程中，銀行和劇院的利益在很大程度上交織在一起，集體之間相互聯繫，某種企業文化在一定程度上興起。因此，在一場戲劇表演中，劇院界的一位著名歌手演唱了一首歌，裏面寫著：「劇院裏有一家私人銀行。」老實說，這存在一些道理。有趣的是，滲透是相互的。在我們的銀行世界裏，我們也與普遍的標準有所不同。「那段時光去哪兒了？」

因此，我回到現實，但莫名其妙地感覺到一些新困擾。可能是舊問題的變體。後來，眼前的繁忙稀釋了它，就像昨夜夢中的回憶一樣，到了晚上，我在家吃過晚飯，坐下來寫這個故事。寫了一下又放棄了，這個話題似乎太複雜了。

五年過去了。變革之風早已成為了往事，但這個話題仍然很重要。過去幾年證明了這一點。我必須完成它。確實，我們在模仿什麼人，我們認為自己是什麼角色？或者我們的生活本身就是一個現實的遊戲？眾所周知，如果你想瞭解問題，請從頭開始。甚至科茲馬．普魯特科夫也說過：「看根源！」但是，他也說：「開始的終點從哪裏起步？」儘管科茲馬．普魯特科夫只是一個廣義的文學筆名，但使用它的人卻是一些卓越的人才。我們聽取他們的意見……

大戰結束後，他立即來到了這個世界。許多人死亡，街道似乎空無一人。周圍只有女人、殘疾的男人。連續幾年，只有男孩出生，大自然竭力彌補損失。他就是其中之一。因此，他第一意識就在充當一個敏感而多情的小男孩的角色，這個孩子很早就開始讀書了，所以他漫遊在自己喜歡的書海裏，而且依舊不懷疑它們與周圍世界的殘酷現實有什麼不同。像所有人一樣，他七歲開始上學。那是一個陰暗、黑暗和殘酷的時代，與現實的衝突讓人變得非常痛苦。為了生存，在陽光下捍衛自己的地位，獲得最微小的獨立權、個人的見解和自尊心，必須戰鬥，與他人競爭。角色得到了更改——他成了一名小學生。令人驚訝的是，這個角色應該是，或至少應該表現得比其他人愚笨。最初的選擇發生了，屬聰明的時間會遲來很多。這裏的社會不喜歡這樣。與此同時，甚至鼓勵無理的舉動和違反既定規則的願望，這些在同齡人眼中具有一定的積極性。

幸運的是，他的父母很早就為他提供了一個很好的「處理器」，而在這樣的「投標」年齡，很難長期掩蓋他的才華。他沒有戴眼鏡，但當時在低年級時期出現了一個十分可疑的綽號——「教授」。因此，在社會本能的指導下，無產階級圈經常以「擊敗教授」的口號團結起來反對他。結果並不總是符合預期，因為「教授」本人非常好戰。隨著時間的流逝，他逐漸適應了自己的角色，這種呼籲完全失去了意義。但是，戰鬥應該隨時隨地進行，否則，你會立即被移至無形但非常尖銳化和多層次化的社交階梯的盡頭。隨著時間的流逝，他甚至愛上了它，他參加了拳擊比賽，並成為了「合法鬥士」。十五至十六歲時，他們的身體都發生了很大變化，但有趣的是，遊戲角色的本質依然保留了下來。的確，他需要好好學習，應該去上大學，確定自己的人生道路。但這恰恰在青少年環境中被認為是不正確的。因此，他希望建立一個成功的未來，但他現有的行為——流氓、痞子。這是一個奇怪的組合。

十七歲的他已是個身材魁梧的年輕人，他考進了另一所城市的學院，起初試著扮演同樣的角色，但沒有成功，這裏的社會關係完全不同。流氓少年所熟悉的角色的狹窄範圍並不適合這裏，嘗試實施熟悉的行為模式只會導致他人的誤解和疏遠。人們認為享有聲望是一種聰明，而搏鬥不是必須的。如今，他無需為了向他人展示以便獲得認可而戰，而是在真正需要的情況下使用它，事實證明，在從一處出租公寓移至另一處以及在青年時期因女孩而發生衝突的過程中多次使用都是有效的。

角色再次得到了轉換，最後完全打開「處理器」，他進入了全新的視野，自然而然地成為了一名聰明的青年學生。到了第五年，他已經習慣了這種方式，以至於有時他甚至會想：「這就是他本身的角色。」

然而，生活出乎意料地把他丟向一個陌生的新角色。畢業後，他立即被徵召入伍。當然，不只他一個。所有當年從該學院畢業的學生都被徵召入伍。誰能料到這個呢？學院有一個軍事系，以前，畢業後，所有在軍事部門接受訓練的學生都會成為預備軍，但不會加入軍隊。而現在——他們被召入伍。總的來說，他成為排長，並被任命為陸軍中尉工程師。是的，不僅僅被任命，而且還隨同該單位一起被派往了歐洲中部的一場小規模戰爭。幾乎沒有中斷，接著到達了——非洲，然後——東南亞。起初，初級官員的角色並不容易。他對此活動沒有任何既定觀念：在此之前他沒有在軍隊中服過役，也沒有完成軍事學校的學業。這就像是回到了小學生的角色，但處於人生的新階段。這意味著他不得不再次像在中學那樣行事，但與那些炫耀自己行為的人有所不同，未得他人認可，而在別人面前捍衛自己的利益，這被認為是一種極大的錯誤，甚至在軍隊中沒有得到認可。從那時起，他的頂頭上司就表達「我問你的時候，你只需要沉默」。然而，良好的身體狀況、堅強的神經和積極的心態給生活帶來了很多幫助。他迅速適應並領會了這個角色，此後一年半的時間裏，他的肖像一直懸掛在駐軍參議院榮譽委員會的木板上，直到「復員」為止。按照當時的標準，他可能真的成了一位名副其實的好軍官。無論如何，即使在服役結束後，他的同事和下屬仍然與他保持著最親密的關係。順便說一句，所描述的事件發生四十五年後，其中一個人通過 Skype 從加利福尼亞找到了他，並且一直定期聯繫。服役結束後，他立即定義軍隊的生活——浪費時間。但隨著時間的流逝，事實證明並非如此。他在扮演各種角色和生活方面獲得了寶貴的經驗。首領和下屬，權利和罪過，攻擊者和防禦者以及許多其他人。在那兒，他學會了服從，不會因此感到被侵犯，也沒有因為被命令而感到不滿。這極大地幫助了他的未來。

一切都過去了。離開這個龐大的軍隊世界後，他發現情況發生了變化。任何一個熟悉的角色都不能保證成功，現在增加了一個年輕家庭的負責人的角色，他不得不尋找新的形象。同時，他清楚地意識到自己已經進入了Main街（主街道），角色情節中的錯誤或新演技的發揮可能會導致致命的後果，並導致生活的徹底失敗。對專家以及經理角色的研究和開發持續了很長時間，但最終取得了成功。令人驚訝的是，這些角色的內容完全不取決於他反復改變的專業，特定的工作地點，甚至他眼前已經改變的社會政治制度。最重要的是，要瞭解自己在生活「遊戲」中的位置。

隨著時間的流逝，他開始扮演父親的角色，然後是祖父。他開始萌生角色已用盡的想法。但是，新一輪的事件賦予了新的角色。現在，他是一名作家，在這個角色的位置上，他有機會分析自己和他人的過去，研究現在，並提出未來。

窗外已是深夜。我從桌前起身，走進花園。一簇簇夜星在黑暗的南方天空看著我。「我承擔得太多了嗎？一個人是否能夠將他的基本生活與目前的生活角色區分開來。誰創造了劇情？誰是這部偉大戲劇的導演？而且最重要的是——目的是什麼？」對於這裏的任何一個問題，我還沒有給出最終答案。也許根本沒有這個所謂的目的。《傳道書》說：「虛幻，一切都是虛幻」，並進一步解釋：「在許多智慧中都蘊藏著很多悲傷；智慧加倍，悲傷也會倍增。」

一陣涼風吹過，吹向大海，微弱的海浪甚至拍打至那所房子所在的小山丘。大自然中的一切都是合理和可以解釋的，只有我們人類……只有我們實行了一些不合邏輯的行為，然後我們有時為此感到自豪。我們在扮演不同的角色，而大多數時候卻沒有意識到自己是誰。我們常常會做出一些並不屬這些角色性格的事情。好吧，野兔永遠不會追趕狼。他是一隻野兔——他正在逃跑。一個人，即使是最軟弱和優柔寡斷的人，也總是期待英雄事迹，特別是在沒有選擇、無處退縮的情況下。

難怪羅馬人與高盧人作戰，總是讓他們退縮或逃亡。因為，如果不退縮，那麼高盧人戰鬥到最後，將損失慘重。當時征服了一半世界的蒙古人也採取了這樣的行動。

因為我們是人，而造物主賦予了我們自由的意志，因此自由選擇了自己的人生角色。我們不是自然的一部分；自然是我們的一部分。突然間，我明白了一切：只有我們，而世界的其他部分存在於我們內部，因為它是通過我們的感官而被認識和感受到的。如果我們無法感覺到某種東西，那麼它就不存在。

我們出生於一個繼承祖先的基本程序，我們用對生活的態度來補充它。

這些信息的一部分將傳遞給我們的後代，因此我們不會完全離開這個世界。

詩意世界的絕對天才不是沒有道理的，普希金說：「不，我不會完全死亡……」

我們栩栩如生的角色從主要程序結束的地方開始。核心和基礎是：我們的愛、恨、高興、絕望，對存在的無限恐懼，毅力，渴望留下自己的印記等。他們為這部宏偉的人生大戲中的全部角色作出了定義。

因此，偉大的莎士比亞是對的（不管是誰隱藏在這個名字的背後，他都完美演繹了自己的角色）：

「整個世界——一齣戲。
有男有女——都是演員。
他們自己入場和退場，
每個人都扮演一個角色。
該劇有七幕。
嬰兒，少年，青年，
情人，士兵，法官，老人。[2]」

夜鳥輕聲哭泣。我聽著樹葉沙沙作響，心想：「真可惜，已經第六幕了，但至少還有第七幕……」

03.04.2017
巴塞羅那

2 威廉・莎士比亞，喜劇《皆大歡喜》（*As you like it*，1599-1600年），第二幕，第七場，雅克獨白。（作者注釋）

登上舞台

這個冬季很溫暖，大街上沒有厚厚的積雪，取而代之的是大大的水坑。根納季想：「畢竟已經1月中旬了，可能會更冷。」他總是很難忍受解凍的天氣，尤其在精神方面，比在生理方面更多。現在，他明顯感覺到了黑色的憂鬱：他的情緒變得呆滯，沒有慾望，甚至連胃口也沒有。最重要的是，他堅信——只有一種療法，那就是莉達，莉季婭·弗拉基米羅夫娜。一般來說，熟人和同事二十年來一直按照名字和父名稱呼他——根納季·彼得羅維奇，有時甚至是尊敬的根納季·彼得羅維奇。現在，他是工學院的系主任。在他的背後印刻著動蕩的創業史，那裏訴寫了他在商業領域裏一切，但是通過博士論文答辯之後，他還是選擇了開公司。他站在非無產階級的起跑線上：三代祖先都在大學任教；成為一名教授在他的家庭中被認為是正確和光榮的，而且是必要的。但是，商業並非多餘。它提供了財務上的獨立性和一定的思想獨立性。這樣的特性使他與其他學院的老師區別開來，並在工作環境中取得了一定的領先優勢。

今天，根納季計劃與他的博士研究生一起工作。一共有三個：兩個男孩和一個年輕女孩——莉達。她今年二十八歲，他們在一起已經兩年了。

房間裏變暗了，根納季看著窗外。「竟然下雨了。」他的辦公室配有輕便的家具，牆壁也是亮色的。他通常喜歡淺色，他本人是藍眼睛的淡黃髮男子，即使現在，冬天，他仍然穿著淺灰色西裝。但是在這樣的天氣下，這一切並沒有變得更加明亮。他決定：「我得打開燈，已經是漆黑一片了。」

至於和莉達的關係，一切都適於傳統，就像大家開玩笑時談論的老闆和秘書一樣。公司有一個慶祝活動的聚會，好像是「舊的新年」。他想起了學生們曾經路過走廊時說的那句話：「盡情地狂歡吧！我的國家，從1月1日到1月12日。」

現如今正好就是這種情況。「狂歡——我們強大，我們永恆。」莉達在兩個月前考上了博士研究生，成了他的學生。他記起調查表中的內容，過去她已婚，那時也在這所學院學習，並在業餘時間從事健身活動。

當她走近他時，聚會已經結束了，看著他的眼睛，悄悄地問：

「你想送我回家嗎？」

「也許叫輛車？」根納季·彼得羅維奇高興地回應。「下雪了。」

「這很好，就這樣吧，」她回答。「如果你不介意的話，我們步行吧，呼吸新鮮空氣。」然後悄悄地補充：「我住的地方不遠。」

根納季·彼得羅維奇完全瞭解情況將如何結束。夏天時他正好滿四十八歲，必須說，女性在他的一生中佔有重要地位。他已經結婚超過二十年，育有一個十八歲的女兒，並被稱為「顧家的好男人」。實際上，最近四年他單獨生活，並不認為自己受到婚姻關係的束縛。能做什麼，一般來說，當愛離開時，義務還得維持，這是一種默認的準則。根納季認為他的義務是與女兒定期聯繫，並贍養配偶，幸好她沒什麼特別要求。他想：「不過女兒對我有很多抱怨。」他女兒瑪莎和他一樣，很有個性，有堅定的信念。

「當時沒有理由拒絕，」他記得，當時他是這樣想的。莉季婭·弗拉基米羅夫娜非常漂亮：細長的棕色頭髮，臀部狹窄，腰部較細。透明的淡藍色眼睛，冷冷的眼神，但裏面透露著什麼……

是的，她就是他的類型。總體而言，根納季還沒有喜歡過體型豐盈的女孩。他說，他更喜歡莉達這樣的——纖美、嬌弱。他以前的一位女性朋友說這樣的身材是「發育不成熟」。她還非常認真地聲稱，根納季．彼得羅維奇對這種身材柔細的女孩的喜愛其實是同性戀的象徵。他堅絕不贊成她的論點，他確定知道自己不應該被稱為同志。但這個老朋友仍然堅持不懈地捍衛她的觀點，認為根納季是一個隱藏的同性戀，因為他喜歡「發育不成熟」的女性。她是一名合格的心理學家，她只認可自己的意見，即使那時也並不完全正確，而且也並非總是如此（就像她曾經說過的那樣）。

總的來說，根納季．彼得羅維奇認為像沒有經驗的女孩一樣假裝拒絕邀請毫無意義。因此，他很快就同意了，而且沒有太多內心的掙扎。

他們穿好外套走到門口，拒絕了教研室成員的提議——喝酒告別。

「你們要去哪裏？」一位年邁的小個子老師葉卡捷琳娜．謝苗諾夫娜翻起白眼說。「應該送我回家才對。」

「送你？」年輕的副教授尼古拉．謝爾蓋耶維奇表示懷疑，並帶著深深的疑惑看著她。「但是，根納季．彼得羅維奇，你太著急了……」

擺脫了黏纏的員工之後，他們終於走上街頭。大雪紛飛，但是沒有風。簡直就是童話裏的冬天。

莉達的確住得不遠，當他們走到她家門廊時，她握住了他的手：

「喝杯咖啡？」

「為什麼不呢？」根納季想。「和最近的一個情婦分手已經是兩個月前的事了。」他大聲笑著說：

「好吧，我只同意喝一杯咖啡。」

他們走進一間狹窄的兩室公寓的入口走廊，立即開始脫衣服。慾望使他們不知所措，他們很著急。完全沒有時間解開紐扣，根納季直接像脫體恤衫一樣把襯衣直接沿著腦袋，裏朝外翻著脫了下來，接著是鞋子和長褲，然後已經沒什麼可以再脫得了。他們並沒有走到床邊——主要活動就在這裏完成了，在紅藍色的、帶著小圖案的地毯上，地毯上鋪滿了他們隨手丟擲的衣物。她很有經驗，根納季不自覺地注意到了這一點。她並不急於回應這種撫愛，而是嘗試增強樂趣，加長時間並不斷重複。「太棒了，」他告訴自己。「好極了。」

然後，當然還有咖啡，他們聊了會兒天。

莉達說：「我結婚兩年了，但是離婚已經一年了……早婚，那會兒還在上大學。結得很早而且也很失敗，與同齡的學生……」

「那是你的第一個男人嗎？」根納季問。

「不要問愚蠢的問題，」莉達回答。「無論如何，我不會說實話，如果是編造的謊言，我相信你不會有興趣聽下去。」

「的確，」他想。「這個問題確實不明智，顯然不符合教授的身份。」

他們坐下，接著躺下，之後再次坐下，然後他回家了。從那時起，這成了一種習慣。幾乎兩倍的年齡差距並沒有嚇到他，甚至引起了他的注意。他以前的女人年紀都比較大，但現在……莉達也不在乎。

她說：「你認為這與眾不同。但我不會嫁給你，我只想要你的優點，不會把你的疾病和弱點帶回家。我們在這條道路上相遇，並在時機成熟時分散。」

根納季．彼得羅維奇很清楚所謂的時機成熟是什麼時候。再過一年，她從學院畢業，參加論文答辯，並開始新的生活，而她的生活裏也許已不再需要他了。

正好莉達今天沒有來。這段時間，他們每周見兩次面，大部分時間都躺著。很明顯，她不需要其他輔導——他們有足夠多的時間討論。

秘書進來了，帶來一個厚厚的文件袋，裏面裝有郵件和其他信件。根納季．彼得羅維奇笑著說：「哇，這是互聯網的時代，但用紙量卻沒有減少。」

他打開文件袋，信件、報紙、任命函、指令，最上面放著一個信封，用印刷體寫著「個人」。這封信來自一個遙遠的南部城市，正是他曾經就讀過的學院，在那裏度過了他生命中最美好的五年。

根納季．彼得羅維奇撕下信封的邊緣，從裏面中拉出一張對折的方格紙，學生作業本用的那種。上面用笨拙的手寫體寫著，但有錯誤：「塔尼亞一周前去世了，她要求給您寄來這封信。我是她的鄰居達莉婭．瓦西里耶夫娜。」根納季．彼得羅維奇再次看了看信封，發現另一張四折白紙。他猶豫了。塔尼亞是一個女孩，他大學五年級的時候曾經向她求愛。現在她死了。「信是從那裏寄來的……或許還是不要看了？」他想。

但是好奇心贏了，他把信拿了過來。圓潤的筆迹：「根納季！你有兒子，也叫根納季。他今年二十五歲，跟我姓，但看起來像你一樣完美，外表難以區分——看照片。三年前，他移民了，現在住在耶路撒冷。我覺得應該告訴你。再見，我們不會再見面了。當你看到這封信時，我已不在這個世界上了……」

信還沒讀完，根納季不由自主地畏縮了一下，並環顧四周。不，一切似乎都井然有序，他獨自一人在明亮的辦公室裏。他又陷入了沉思。跟塔尼亞的關係一直很複雜。他們，一群高年級學生，也是未來的工程師，莫名其妙地進入了劇院觀看了一場首演並結識了一群來自戲劇學校的女孩，根據悠久的傳統，這些女孩可以免費進入劇院。

塔尼亞是其中最優秀的一位——高個子，黑髮，棕色的眼睛，昂首挺胸。演出結束後，他送她回家，她向他揮手，然後離開了。兩天後，根納季來到戲劇學校，一直等到課程結束。然後再次將塔尼亞送到家門口。

這次，同樣什麼都沒發生……太神奇了，因為那是真正的浪漫而無規律的生活。他們可以喝酒和抽煙，直白地談話，甚至說髒話，完全沒有隔閡地開玩笑，塔尼亞並沒有對此表示反感，但是她沒有讓他靠近。「你怎麼總是纏著塔尼亞？」同一所戲劇學校的男孩問他。「有那麼多女孩。但這個你要小心點，否則，就得娶她了。」

但是他已經無法控制自己了，之後根納季要求去她家。她的家人生活在貧窮中，使他震驚。媽媽是一個臥床不起的病人，父親是蓬頭垢面的工匠。妹妹今年進入藝術學校。實在很貧困，一間高天花板的舊公寓，自革命時代以來一直沒有維修過；多次改過的衣服、瘸腿的桌子和椅子。目前尚不清楚他們如何維持生計，但他們不知不覺地活了下來。

在接下來的兩個星期中，根納季再次用同樣的方式嘗試——沒效果。塔尼亞很友好，但僅此而已。最後他直截了當地問：

「我們不會發生關係嗎？」

「是的，不會。」塔尼亞平靜地回答。「我不想像媽媽一樣，終生圍在爐灶邊。我不想像父親一樣，把自己的一生都放在無聊、乏味和疲憊的工作上。我想成為一位著名的女演員，為此我必須有自由。也許我會結婚，但不是你。你是誰？一名學生而已，到目前為止你什麼也不是。你想來就來，想走就走——這是你自己的事；我還有其他目標。」

短暫的停頓後，她意外地朗誦：

「我來了，我說：『為了取悅你，我如此輕鬆地登上舞台，就像現在從天而降的雪取悅二月一樣容易。當我說這話時，請不要相信我。[1]』」

「那是誰？」他感興趣地問。

「貝拉·阿赫瑪杜琳娜。你可以將其視為我的生活信仰。」

1 貝拉·阿赫瑪杜琳娜，《登上舞台》，1973年。（作者注釋）

根納季決定停止追求。一切都一如既往：你會記得兩三個星期，然後越來越少，最後，事情被遺忘了。接著，你已準備好迎接新的壯舉。

從年輕人的角度來看，他完全失敗了。花了很多時間和精力，但結果為零。但是，結果是什麼，那時他真的沒有想像過。

六年過去了。根納季成功地從學院畢業，然後在另一個城市讀博士研究生。他成了一位年輕博士、著名研究所的高級研究員；那時他對自己很滿意。

他被委派進行經濟核算的研究，但是在工作過程中，有必要訂購實驗設備。他發現在他學生時代的城市裏有一家具有相應專業的合適工廠，他立即出差去了那裏。

事情很快就結束了，訂單成功下達了，可以離開了，但最後他還是被回憶吸引。那時夏天，8月，南部茂密的植被、巨大的樹木、鋪成的人行道……走著走著，他到達了塔尼亞的舊公寓，他敲門，門被打開了。常年臥床的母親依然認出了他，於是他們交談。

她說：「塔尼亞正在一步一步地走向成功。她被留在當地的戲劇院，並且已經扮演了多個重要角色。但在她的個人生活中……」她沉默了。

「個人生活怎麼了？」根納季問。「有問題嗎？」

「是啊，她結婚了。嫁給了一位領先的、受尊敬的藝術家，比她大得多。然後她離婚了，沒有孩子。現在她一個人，但她已經二十六歲了。」媽媽嘆了口氣。

根納季已經瞭解到所有令他感興趣的東西，因此迅速離開了。他走在通往劇院的路上，在那裏他毫不猶豫地買了今天演出的門票。

傍晚，他拿著一束鮮花坐在觀眾席。這是一部現代劇。塔尼亞扮演了重要角色，聽眾對她很滿意。只是……

根納季不認為自己是專家，但在他看來，塔尼亞在擔憂些什麼，而且很可能不是因為角色和表演，而是劇院之外的事情。表演結束了，觀眾們捧著花束趕赴舞台，向他們喜歡的藝術家致敬。他也去了，立即走向塔尼亞。

「是我。恭喜，」他獻上花束。

塔尼亞看著他。她的臉上有些難以捉摸的變化。

「是你？你終於來了，在街上等我……」

半小時後，他們沿著這座熟悉城市裏已經變得昏暗且安靜的街道走去。塔尼亞偶爾用濕潤的黑眼睛看著他。她的呼吸加快了，嘴唇微微腫起來——她顯然很興奮，這種感覺同樣傳給了根納季。

「這是我的房子，」她說。「我住在一樓——集體公寓裏的一個房間。離婚後丈夫把它留給了我。這比跟父母和妹妹住的那兩個房間好得多。如果你願意，可以進來。」

她沒有等待答案就轉過身，打開門，向前走，在黑暗的走廊裏自由地辨別方向。

「在這裏，」她向右推門，摸到開關，打開了燈。

根納季環顧四周。房間相當大，布置得很得體。

他們聊了會兒天，然後他擁抱她。塔尼亞的抵抗力很弱，但是很長一段時間裏，似乎在做決定，最終她還是依依不捨地向他投降了。這就是一切的開始。根納季之前和之後都沒有遇到過如此強烈的激情。她咆哮般地呻吟，盡情地哼叫，他根本不明白為什麼她發出了這樣的聲音，但這個集體公寓的所有居民居然沒有衝到門外。

「別害怕，」她在尖叫之餘低聲對他說。「我的鄰居是兩位老人。他們的聽力很差。」

「為什麼離婚了？」當他們躺在彼此懷抱裏相互依偎在一起的時候，他問她。

「這樣的家庭生活毫無意義，」她無奈地回答。「他常常喝酒。一個酒鬼。雖然他依舊是一個——最可愛的人和才華橫溢的演員。」

「那他現在呢？」

「一切都不好，肝硬化，但讓他的前三個妻子去照顧他吧。」

「你的目標沒有變嗎？」他問。

「是的，」塔尼亞出乎意料地回答，然後繼續給他講鮑里斯·帕斯捷爾納克的那首著名的詩歌：

哦，如果我知道會發生這種情況，

如果在首次亮相時知道更好，

帶血的射擊——滅亡
涌進喉嚨，然後消逝！
當射擊操縱詩句時，
它派一個奴隸登上舞台，
然後藝術結束，
土壤和命運隨之誕生。[2]

他徹夜未眠，一大早就離開了，太陽升起，街道異常冷清。這時，駛來一輛灑水車，用它低沉的沙沙聲結束了最後的夜，也或許，是清晨第一輛無軌電車。

根納季回到他的旅館，甜蜜地睡了幾小時。然後去車站，買了夜間的火車票。他不可抑制地想再次見到塔尼亞。他去她家，沒人。他晚上到劇院去看表演——另一個女演員。於是他離開了，之後沒再見面，也沒有說再見。

一個月後，根納季實在受不了了，他請了一個星期的假，再次抵達那座城市。他在劇院裏找到了塔尼亞，她正在為演出做準備。

2 鮑里斯·帕斯捷爾納克，《哦，如果我知道會發生這種情況……》，1932年。（作者注釋）

「我們可以約會嗎？」他問她。

她非常認真地回答：「根納季，不要再來了。你可以認為是我任性。在我看來，我過去對你並不公平，而上次我決定對此予以彌補。」

「那愛呢？在我看來，你有。」

「我是女演員，」塔尼亞笑著說。「我可以扮演成有愛的樣子……」她又笑了起來，繼續說道：「我告訴過你，我的目標和宗旨不會變，再見。」

根納季離開了，但很長一段時間，內心都無法平靜下來。

一年後，他結婚了，然後生了一個女兒，事情以自己的方式進行。五年後，他似乎已經完全忘記了塔尼亞。

但她顯然並沒有忘記……

根納季·彼得羅維奇將注意力再次放回信上。「根納季，」塔尼亞寫道，「你的兒子是愛的結晶。他很棒。我設法給他提供了良好的成長和教育。你可以為他感到驕傲。我欺騙了你，我沒有假裝愛你，而是真的愛你。就在那時，我對生活有了不同的看法，而你與它格格不入。我會告訴你：『所有這些都是虛榮、荒謬和虛偽。』相信我，生活中除了生活本身沒有其他的意義。現在考慮我們之間可能發生的事情為時已晚。現在，我終於對你說再見了。之前的生活裏，你一直都和我在一起，看著你的兒子就已經足夠了。」

最後一句話中的字母有些模糊。顯然，被眼淚浸過。

最下面是一個注釋：不要相信女演員。我們也被教導過如何哭泣。

此外，以色列的地址是用英文寫的。

「哦，如果我只能〃儘管部分〃，我會寫八行〃關於激情的屬性[3]」，根納季．彼得羅維奇意外地回憶起這句話，很長時間以來深受人們的喜愛，它出自偉大而不幸的詩人鮑里斯．帕斯捷爾納克。「所以我有一個兒子。對了，照片……」他搖了搖信封。從裏面掉下來一張三×四厘米的小照片，是一張穿著陌生軍服的年輕人的照片。

「那麼，也許是真的，如此相似。為什麼是以色列？」根納季．彼得羅維奇從未對塔尼亞的國籍感到興趣。「但事實證明是有原因的……」

「我們應該見見面。畢竟，這是我的兒子，但我從未見過他。真是一團糟。」

然而，僅一年後，根納季．彼得羅維奇設法進入了嚮往之地。那兒正好在舉行跟他的科學專業相關的研討會，他也去參加了。

研討會在耶路撒冷大學舉行，第二天，他提早出門，乘出租車前往信中指示的地址。

一個年輕的黑髮女子打開了門。

「請幫我叫一下根納季。」他突然感到嘴唇乾裂，心臟砰砰直跳。

3 鮑里斯．帕斯捷爾納克，《我想走向一切……》（作者注釋）

「根納季？」這個女人用蹩腳的俄語回答。「根納季六個月前在黎巴嫩邊境去世。我是他的妻子，我叫貝拉。你是誰？」

「我是他的父親，至少我是這樣認為的，」根納季．彼得羅維奇艱難地說。

「沒趕上，」他想。「失去一個我從未見過的兒子……」

「根納季沒有告訴過我他有父親，」那女人仔細地看著根納季．彼得羅維奇。「他只提過他的母親。但是，如果你是他的父親，那麼你就有孫子達維德。」

一個大約兩歲的金髮藍眼睛的可愛男孩在她身後緊緊抓住裙子向外看。

「就像我一樣，」根納季．彼得羅維奇想。「就像我兒子一樣……」

他繼續與貝拉交談了一番，將所知道的一切都告訴了她，與達維德一起玩了一會兒並返回了研討會。

他必須意識到發生的一切，過去闖入了他現在的生活，並永遠改變了它。他成為了祖父，這意味著他的年紀又向前邁進了一步，也許會擁有更多智慧。

他回憶起塔尼亞信中寫道過：「生命本身的意義」。是的，這是正確的。根納季終於意識到了真相：我們需要活著，讓其他人也活著。

他內心有些激動。他回想起了偉大的僑民弗拉基米爾．納博科夫早已被人們熟識又遺忘掉的詩詞：

你我確信所有事物都是相互聯繫的，

但現在回顧過去，令人驚訝的是，
在我看來，我的青年時代
顏色不是我的，特徵是無效的。[4]

看來他確實改變了，而且可能永遠改變了。

三年過去了。5月的晚上。根納季·彼得羅維奇坐在泳池附近的椅子上，看著「綠色泡沫」和「一直喧囂」的海洋。依稀記得古希臘人在經典六腳韻詩的俄文翻譯中這樣稱呼它。太陽已經落山了，但仍然很亮。

在他旁邊一個不太高的舞台上，樂隊正在準備一個嘈雜的晚間節目。

「很好的酒店，」他想。「它充分證明了它的五顆星。『全包』系統非常吸引人。」

他一直都喜歡土耳其地中海沿岸的安塔利亞市度假勝地凱梅爾地區。「我們決定在這裏度過5月的假期真是太好了。」

這家酒店以帶熱水的大型游泳池而聞名——在公海游泳仍然很冷。建築的巨大白色主樓在左側高聳出一百米。天很快就黑了，燈光開始亮起來了。不久之後，將完全黑暗，然後燈光將比任何東西都璀璨。

4 弗拉基米爾·納博科夫，《獻給我的青春》，1938年。（作者注釋）

主建築是歐洲風格，但建築物的屋頂上是東方風格的小裝飾塔樓，上面有奇妙的動物標誌。顯然建築風格屬折衷主義，但很美麗。右邊是一棟相當大的兩層建築，一樓和二樓有咖啡館和餐廳。實際上，根納季坐在一樓的露天陽台上。一個寬敞的露天的白色石頭樓梯通向二樓。一個快樂的團隊沿著樓梯緩緩而來：兩個年輕漂亮的女人，一個皮膚白皙的金髮女郎，懷裏抱著一個嬰兒，另一個——皮膚黝黑的黑髮女郎，她的側面輪廓十分清晰。前面是一個瘦瘦的藍眼睛男孩，一頭金色的長髮。

他大老遠就喊：「祖父，那裏有很美味的巧克力冰淇淋。我們和媽媽還有瑪莎姨媽吃了兩份。」

「達維德，小心點，不要跌倒。」他的母親大喊。

「這就是幸福，」根納季想。「我現在有兩個女兒和兩個孫子。瑪莎和貝拉成了好朋友；我們一直溝通和聯繫。對於我這個年齡和職位的人來說，還有什麼更好的選擇？」

一位漂亮的中年女士停在他的桌子旁邊，她今天一整天都沐浴在游泳池旁的陽光下，與他相鄰。她問：「根納季・彼得羅維奇，這是你的家庭嗎？」

「是的，」他自豪地回答，「孩子和孫子們。」

「但我看到你獨自一人，沒有伴侶嗎？」泳池邊的鄰居繼續說。「我們一起去跳舞吧，樂團已經開始了。」她意有所指地看著他……

「為什麼不呢？」根納季想。俗話說：「失去很多，但會得到更多……[5]」

然後他站起來，準備大幹一場。

瑪莎揮了揮手，做了個鬼臉。「這意味著，她批准了。」

樂隊演奏的音樂很歡快，黑暗的天空上閃爍著星星，身邊圍著一群友好的人，充滿歡樂。根納季．彼得羅維奇感到和諧、自然。所有的問題：職業、辦公室爭吵和陰謀，懶惰的學生和研究生，不受歡迎的解凍期——這些問題遙不可及。

「是幸福？」他問自己，並回答：「不完全是，但……非常相似。」

5　阿佛烈．丁尼生，《尤利西斯》。（作者注釋）

秘界

Hidden World

作者：鮑里斯・芬克爾斯坦（Borys Fynkelshteyn）
譯者：橋蒂拉（JoAnna）
編輯：青森文化編輯組
設計：4res

出版：紅出版（青森文化）
地址：香港灣仔道 133 號卓凌中心 11 樓
出版計劃查詢電話：(852) 2540 7517
電郵：editor@red-publish.com
網址：http://www.red-publish.com

香港總經銷：香港新零售（香港）有限公司
台灣總經銷：貿騰發賣股份有限公司
地址：新北市中和區立德街 136 號 6 樓
電話：(886) 2-8227-5988
網址：http://www.namode.com

出版日期：2021 年 12 月
ISBN：978-988-8743-55-1
上架建議：短篇小說
定價：港幣 78 元正／新台幣 310 圓正